La chaleur

Victor Jestin

La chaleur

roman

Flammarion

ISBN : 978-2-0814-7896-1

« Il court à travers le monde
comme un rasoir ouvert,
on pourrait s'y couper. »

GEORG BÜCHNER, *Woyzeck*

Oscar est mort parce que je l'ai regardé mourir, sans bouger. Il est mort étranglé par les cordes d'une balançoire, comme les enfants dans les faits divers. Oscar n'était pas un enfant. On ne meurt pas comme cela sans le faire exprès, à dix-sept ans. On se serre le cou pour éprouver quelque chose. Peut-être cherchait-il une nouvelle façon de jouir. Après tout nous étions tous ici pour jouir. Quoi qu'il en soit, je n'ai pas bougé. Tout en a découlé.

C'était le dernier vendredi d'août. Il était tard, le camping dormait. Restaient les ados sur la plage. J'avais dix-sept ans moi aussi. Je n'étais pas avec eux. J'essayais de dormir et leur musique m'en empêchait. Elle franchissait la dune avec les vagues et les rires. Quand elle s'arrêtait, c'étaient mes parents que j'entendais remuer dans leur tente. Je ne tenais pas en place. Mon matelas gonflable s'enfonçait sur des pierres, le sable collait à ma peau. Parfois le sommeil venait, mais alors quelqu'un criait sur la plage. C'était une espèce de joie féroce dirigée contre moi, une grande danse autour de ma tente. J'arrivais au bout de mes forces. Une journée encore, et les vacances seraient finies.

Cette nuit-là j'ai préféré me relever et marcher dehors. Tout était calme de ce côté. Les tentes et les bungalows se confondaient en ombres. Seul le distributeur de préservatifs continuait à briller. Ça disait « Protégez-vous ». Ça disait *Faites-le,* surtout. Chaque soir les ados en achetaient, fiers et honteux. Acheter, c'était déjà le faire un peu. Souvent ça finissait en ballon de baudruche et ça crevait dans les airs, comme un nerf qui claque au fond du cœur. Ce camping, j'en connaissais toutes les couleurs. Deux semaines que j'en arpentais les allées, que j'inventais des détours pour faire passer les heures. J'étais allé à toutes les soirées. J'avais fait l'effort. Et chaque fois je m'étais égaré, au bout de quelques verres, j'avais feint d'aller en chercher un autre pour longer le rivage et rentrer sans être vu. Mais je dormais à peine. La musique ne s'arrêtait pas. Quelque chose demeurait soulevé dans ma poitrine et me maintenait tendu jusqu'à l'aube.

C'est dans un détour, cette dernière nuit, que je suis tombé sur Oscar. Je suis passé devant le parc de jeux et je l'ai trouvé sur la balançoire. Il était saoul. Les cordes étaient enroulées autour de son cou. Je me suis demandé d'abord ce qu'il faisait là. Je l'avais vu plus tôt danser sur la plage avec les autres. Il avait embrassé Luce et j'avais failli vomir, je m'en souvenais, leurs corps presque nus se détachaient dans le noir. Je l'ai observé désormais seul sur sa balançoire et j'ai compris qu'il mourait. Les cordes l'étranglaient doucement. Il avait fait cela tout seul et peut-être, à en croire son visage, avait-il changé d'avis. Je n'ai pas bougé. Rien ne bougeait dans ce parc isolé. Les pins montaient haut et voilaient la lune. Soudain, Oscar m'a vu : ses yeux se sont fichés dans les miens et ne m'ont plus lâché. Il a ouvert la bouche mais rien n'est sorti. Il a remué les pieds mais son corps n'a pas suivi. Nous nous sommes regardés ainsi. J'avais voulu parfois qu'il disparaisse, c'est vrai, les autres jours, en le voyant sourire dans son maillot bleu. La musique persistait de l'autre côté de la dune, je reconnaissais le refrain : *Blow a kiss, fire a gun... We need someone to lean on...* Cela a pris du temps. C'est long, de mourir étranglé. L'instant de sa mort s'est lui-même étiré et m'a échappé. Je me suis simplement senti de plus en plus seul. À un moment sa tête a basculé en avant, ce qui a dû donner un élan aux cordes, car elles sont reparties dans l'autre sens, se sont démêlées de plus en plus vite et l'ont libéré. Il est tombé comme une loque sur le sol souple du parc.

J'avais fait peu de bêtises en dix-sept ans. Celle-ci a été difficile à comprendre. C'est allé trop vite et trop fort. Je me suis approché. J'ai touché l'épaule d'Oscar, puis je l'ai secoué et frappé. Son regard vide a glissé sur moi quand je l'ai retourné. J'ai voulu réfléchir mais des voix sont arrivées depuis la plage. Un petit groupe rentrait dormir. Ils parlaient fort, ils étaient saouls eux aussi. J'ai cru qu'ils pourraient m'écouter. Je les ai appelés mais ma voix n'est pas allée loin, elle est restée près de moi. Ils se sont éloignés en riant. « Vos gueules ! » a crié un campeur depuis sa tente. Ils ont disparu. La musique aussi s'est éteinte sur la plage. Les derniers sont passés. Je me suis tenu debout dans le parc, longtemps, sans me cacher. Enfin j'ai été absolument seul, avec Oscar, qui continuait d'être mort à mes pieds.

J'ai pensé brutalement que je l'avais tué et cette pensée a chassé toutes les autres. Il n'y a plus rien eu que le corps lourd. Et puis, bien nettement, m'est revenu le souvenir d'un grand trou, creusé dans la dune par des enfants cet après-midi-là. Il m'a paru évident qu'Oscar devait disparaître. Je n'ai pas réfléchi davantage. J'ai senti, peut-être, que c'était cela la vraie bêtise, mais je l'ai faite, pour faire quelque chose. J'ai saisi ses jambes. Il n'était pas si lourd. Je l'ai traîné. Nous avons progressé lentement, d'abord dans le parc, puis sur les graviers d'une allée, sur l'herbe d'un emplacement vide, sur une fine couche de sable. Le bruit du corps variait selon la surface. Je me concentrais sur mes gestes pour ne pas songer à autre chose, ne pas savoir ce que signifiaient ces instants. Je traînais un corps, simplement. Avant la dune, j'ai fait une petite pause. Tout était calme. Oscar était si calme. L'air était plus frais, presque agréable. Ce devait être le beau milieu de la nuit. Nous avons grimpé plus lentement encore, nous enfonçant dans le sable, nous accrochant aux chardons. Beaucoup s'y blessaient en courant pieds nus.

Enfin, la plage est apparue. Elle était déserte, jonchée de déchets qu'il faudrait balayer le lendemain. Je me suis dit que je pourrais laisser Oscar dans l'eau pour que le ressac l'emmène. Mais la mer était trop basse. Un long chemin me séparait d'elle et j'étais déjà essoufflé. Je m'en suis tenu au trou. J'ai lâché Oscar, j'ai parcouru la dune et je l'ai trouvé sans peine, près du drapeau de baignade. Il n'était pas assez grand. Je me suis accroupi et je l'ai élargi aux dimensions d'un adolescent. Je n'aimais pas le contact du sable qui rentrait sous les ongles et faisait crisser la peau, mais je m'y suis confronté cette fois sans manières, à grands mouvements de bras volontaires. Quand j'ai été satisfait, je suis retourné chercher Oscar. Je l'ai amené jusqu'au trou et je l'y ai fait entrer, les jambes pliées sur le côté. Son visage était sale, plein de poussière. Je l'ai nettoyé du bout des doigts. Puis j'ai rejeté du sable dessus et sur tout son corps également. Cela m'a pris beaucoup de temps. Je ne pensais à rien. J'écoutais mon souffle et le bruit des vagues.

Enfin le trou n'a plus été que du sable, et Oscar, sous terre, a pesé moins lourd. Il a même disparu un peu. Je me suis redressé et j'ai regardé

14

le ciel clair. Une petite musique s'est élevée dans les airs. J'ai compris que le bruit venait d'en dessous. Je me suis remis à genoux et j'ai creusé, défaisant tout mon travail. C'était bien enterré. La musique tournait en boucle. J'ai fini par atteindre Oscar – son téléphone sonnait dans son maillot : *Luce appelle*. Je l'ai éteint et fourré dans ma poche. Personne ne l'avait entendu. Tous les gens étaient loin. J'ai repris mon souffle et j'ai rebouché le trou, aussi soigneusement que la première fois.

Il devait être très tard. J'étais seul et tout semblait à sa place. La plage et le camping étaient calmes de part et d'autre de la dune, sous les étoiles. Je voulais agir encore. À quatre pattes, comme un chien, j'ai rebroussé chemin pour effacer mes traces. Quand cela aussi a été fait, je n'ai pas osé revenir à ma tente. J'ai songé à mes parents qui dormaient maintenant, à ma sœur et à mon frère qui dormaient également. Toutes les fêtes étaient finies. J'ai décidé d'aller marcher sur la plage. J'ai longé le rivage, les pieds dans l'eau. La marée basse découvrait des rochers jamais vus. Peu à peu, j'ai senti comme mon corps était engourdi, meurtri par l'effort.

J'ai essayé de réfléchir à ce que j'avais fait et de ressentir un peu les choses. Mais mes yeux se fermaient. Je vacillais vers la mer. L'aube approchait.

Je suis rentré. Sur la route, j'ai croisé un joggeur levé de bonne heure qui rejoignait la forêt. J'ai retrouvé ma tente et je me suis endormi habillé. J'allais vivre ma dernière journée de vacances, la plus chaude – la plus chaude, même, qu'ait connue le pays depuis dix-sept ans. On nous avait prévenus. On l'avait annoncé dans les haut-parleurs fixés sur les pins, dont l'un juste au-dessus de ma tête qui me réveillait chaque matin.

*

« Bien le bonjour ! Ici votre lapin rose ! Déjà samedi ! Beaucoup d'entre vous nous quittent ce week-end, alors profitez bien de cette journée, amusez-vous, soyez heureux ! Quant à moi je vous donne rendez-vous dans une demi-heure à la piscine pour l'aquagym ! »

J'ai ouvert les yeux, en colère, déjà. Dès huit heures, sous les tentes, la chaleur devenait insupportable. Le soleil tapait contre la toile pour nous forcer à sortir, mieux nous abattre dehors. Mais les campeurs étaient heureux. Ils se plaignaient parfois, ils tombaient de fatigue, leur peau partait en lambeaux mais ils restaient heureux, ils continuaient à trouver que l'été est la meilleure des saisons.

Tout a vrillé d'un coup. Mon corps s'est tendu et j'ai revu Oscar, le parc, le trou. Je n'ai pas bougé, les yeux fixés sur une tache. J'ai tenté d'imaginer la dune en plein jour, avec les passants, les rires et les cerfs-volants. Dehors, je n'entendais personne. Ma famille et mon chien étaient à Dax et reviendraient pour le déjeuner. Je m'en suis souvenu. J'étais seul. C'était mon matin béni, celui où je pourrais dormir jusqu'à midi, gagner la moitié d'une journée sans que mes parents me forcent à en profiter. Mais je me suis levé. J'ai fait quelques pas sur l'emplacement. Ils avaient laissé pour moi des céréales sur la table pliable. Nos serviettes de couleur pendaient sur le fil tendu par mon père entre deux pins. Quelques secondes leur suffisaient pour sécher. À quoi bon les étendre. Je suis parti. Passé la première haie je me suis mis à courir, droit vers la dune.

Le camping s'éveillait, la machine se mettait en marche. Des têtes sortaient des tentes. Des enfants se jetaient dans les allées pleines de soleil, et les bras de leurs mères les rattrapaient pour les enduire de crème, les empêcher de brûler. Les vieux habitués se retrouvaient aux carrefours sans un mot et marchaient jusqu'au boulodrome, comme chaque matin de chaque jour de vacances. Un flot de campeurs se déversait vers la plage. C'était un camping connu des Landes. Trois étoiles au cœur d'une forêt de pins, au bord de l'océan. Piscine avec toboggans, aire de jeux, écran de karaoké, salle de fitness, soirées à thèmes. Il y avait là beaucoup d'ados venus pour la fête, et puis des familles nombreuses, des vieux couples hollandais, des colos de surf et les chiens autorisés.

J'ai gravi la dune. Le sable brûlait mes pieds, je n'avais plus mes tongs, j'avais dû les perdre, ici, la nuit dernière… J'essayais de me souvenir. Ce n'était plus le même endroit avec les couleurs et les sourires. Tout était trop matinal, trop en vacances pour que quelqu'un soit mort. Tant que je ne voyais pas le trou, le trou n'existait pas. Mais je l'ai retrouvé bien vite, et du même coup je me suis revu traîner, creuser, ensevelir, reboucher, comme une ombre parmi les campeurs qui descendaient vers la plage. C'était là au milieu de la dune, un trou rebouché et Oscar en dessous – un trou rebouché, pour moi, car pour les autres ce n'était que du sable, un trou rebouché avec du sable parmi tous les trous rebouchés de la dune majestueuse, la fierté du camping. Le drapeau de baignade se dressait à côté comme un repère. Des enfants couraient, marchaient dessus, piétinaient Oscar.

D'abord, j'ai paniqué. J'ai tourné autour du trou. Comme un chien j'ai fixé les gens qui s'en approchaient et eux m'ont regardé comme un fou. J'avais l'air cramé dès neuf heures. Ça ne tapait pourtant pas si fort. Ce serait insupportable à partir de midi. Tout se mettrait à cuire. Je me suis calmé. Je me suis forcé à réfléchir. Oscar s'était étranglé avec les cordes d'une balançoire et il était mort. Il fallait le dire. C'était un accident. Il fallait appeler la police ou les urgences. Je ne me souvenais pas de ces numéros. J'étais fatigué. Je ne ressentais plus rien. Je voulais dormir. Et puis j'ai senti quelque chose, qui m'a redonné conscience de mon corps : une petite pression contre ma cuisse, un petit rectangle dans la poche de mon maillot. C'était le téléphone d'Oscar. Je me rappelais maintenant : la musique dans la nuit. Je l'ai sorti. L'écran noir m'a renvoyé mon reflet : j'étais sale, les cheveux gras, les yeux bouffis par les larmes qui ne sortaient pas parce que je n'avais pas encore compris, parce que j'étais encore Léonard, timide et si gentil, qui n'aimait pas la chaleur et préférait les jours gris.

Louis est passé sur la dune et m'a tapé sur l'épaule. Je lui ai souri, un vieux réflexe poli, premier sourire du jour, forçant comme au cutter ma bouche à se renverser.

— Ça va, Léo ? Tu viens te baigner ? Y a une fille qui va me rejoindre. Elle a un cul... mais un cul...

*

À cette heure déjà, la plage était bondée. Parasols, raquettes, baigneurs, c'était une activité continue, une usine qui tournait à plein sous le soleil. Les corps s'entassaient sur la bande de sable et débordaient sur la mer, grouillaient, gagnaient du terrain et se dispersaient peu à peu, nageurs lointains, surfeurs, têtes flottantes ou bouées jaunes égarées. Assis sur le sable, j'écoutais les vagues. Je commençais à comprendre ce que j'avais fait. On ne s'inquiétait pas pour moi. On ne me regardait même pas. Je n'avais pas l'air à l'aise, c'est tout. J'avais toujours été un garçon coincé et je l'étais désormais plus encore, voilà ce qu'en surface la mort d'Oscar avait changé.

— Ça va pas ? Tu fais la gueule ou quoi ?

— Non.

— Qu'est-ce que t'as foutu hier soir ? Je t'ai pas vu partir.

— Je suis rentré dormir.

Les phrases sortaient d'elles-mêmes, blanches et sèches. Louis supportait ma froideur. Lui non plus n'avait pas d'autres amis, ce qui le rendait tolérant. Il avait enroulé son T-shirt sur sa tête comme un turban, badigeonné son corps trapu de crème, remonté son maillot sur ses cuisses. Il souriait comme chaque fois qu'il voulait parler de filles. Et je lui en voulais, ainsi qu'à toute la plage, de ne pas m'entendre crier, de ne pas deviner.

— Enculé de soleil... Couvre-toi la tête.

21

— Ça va.

— Bon, elle devrait arriver bientôt. Elle s'appelle Zoé. Regarde : sur les photos elle a l'air bien, mais si ça se trouve elle est dégueulasse.

Il m'a montré les photos de Zoé, ses photos « Tinder ». Le premier jour, il avait ri parce que je ne connaissais pas cette application. Il m'avait expliqué ce que c'était : on choisit quelques photos de soi et on écrit un texte de présentation ; des profils de filles ou de garçons des environs nous sont proposés ; si quelqu'un nous plaît, on le signale ; si jamais on lui plaît aussi, une conversation devient possible et on peut faire connaissance, jusqu'à se rencontrer en vrai. « C'est surtout pour baiser, faut pas se le cacher, même si y a deux ou trois filles reloues qui veulent juste discuter, et puis des Coréennes en Erasmus ou je sais pas quoi qui veulent que tu leur fasses visiter la tour Eiffel. » Le logo de l'application avait une forme curieuse, entre l'œuf et la flamme, et chaque fois que j'avais voulu comprendre pourquoi, une petite angoisse m'avait serré le cœur, alors je préférais m'en tenir éloigné, comme je me tenais éloigné des filles et de la danse et de tout ce pour quoi nous étions là.

— Léo, écoute-moi. Si je baise pas aujourd'hui, je me fous à l'eau. Voilà. Ça suffit. J'en peux plus. EH LES FILLES !

J'ai sursauté. Zoé arrivait, avec une amie.

— T'as vu, elle vient pas toute seule... Attends, mais c'est qui avec elle ? Luce ? Elles se connaissent ? C'est marrant.

Elles venaient vers nous en riant, parce que Luce nous avait reconnus. Moi aussi je l'avais reconnue, Luce, qui dansait la veille avec Oscar et l'embrassait sur la dune. Elle était enveloppée d'un paréo rouge. Elle se découpait dans le soleil.

— Bon, maintenant t'assumes, a dit Louis dans mon oreille. Elle aussi elle t'aime bien.

Elles se sont plantées devant nous.

— Salut.

Zoé fumait une cigarette par petites bouffées fébriles, nauséeuse, semblait-il, mais acharnée à ne pas le montrer. Louis s'est levé pour faire la bise et les présentations.

— Moi c'est Louis. Et lui c'est Léonard. Vous vous connaissez, Zoé et Luce ? C'est marrant. Le monde est petit.

Zoé a froncé les sourcils.

— Le camping, c'est pas le monde…

— Façon de parler, quoi.

— Gueule de bois, Léonard ? a demandé Luce.

J'ai fait non de la tête, avec un sourire faible.
Louis a tapé dans ses mains.

— Je vais me baigner, moi ! Tu viens, Zoé ?

— Pourquoi pas.

Il m'a fait un clin d'œil et il est parti avec elle.
Luce s'est assise à côté de moi.

— T'étais sur la plage aussi, hier soir ?

— Oui, mais je suis rentré tôt.

— Pourquoi, t'aimais pas la soirée ?

— Pas tellement.

Je n'ai pas osé me tourner vers elle. J'ai continué à fixer la mer. Des voiliers se baladaient. Un
paquebot passait au loin. Plus loin encore, des
vagues se déchaînaient. Des gens se noyaient peut-
être. La main de Luce a effleuré mon genou pour
épousseter du sable. J'ai cru que j'allais m'éva-
nouir. Elle n'a pas vu que j'étais pâle car le soleil
pâlissait tout. Parfois il révélait les imperfections
des peaux, parfois lissait les visages, rendait plus
beaux les plus laids. Je savais m'orienter pour être
à mon avantage. Il me restait cet orgueil. J'avais
eu le temps de bien regarder le ciel pendant que
les autres remuaient en dessous. Louis ne le faisait

pas, lui. Il laissait le soleil trahir ses boutons et le duvet blond sous son nez. Il ne se préoccupait jamais des petites choses : après le déjeuner, il ne se brossait pas les dents et sentait la frite ; il ne se douchait pas non plus après s'être baigné et gardait le sel sur sa peau. Il ne prenait aucune de ces précautions qui parsemaient mes jours, et pourtant il était à l'aise dans l'eau avec une fille, et je le voyais patauger dans sa joie, immobile sur la plage, avec toujours ce vide incompressible dans la poitrine.

— Tu penses à quoi ? m'a demandé Luce.

— À rien.

— Je te croise jamais, en fait. T'es à quel emplacement ?

— Au 330.

— Tu campes avec Louis ?

— Non.

— Avec qui, alors ?

— Mes parents.

— On dirait que ça te fait honte.

— Un peu.

— Tu devrais pas, t'as de la chance. Tu viens d'où ?

— De Lorient.

— Je connais pas. T'es en term, toi aussi ?
Qu'est-ce que tu veux faire après ?

— De la musicologie.

— T'es musicien ?

— Oui.

— C'est cool, ça. Et sinon, t'aimes toujours
autant discuter avec les autres ?

— Comment ça ?

— T'es marrant. Enlève ton T-shirt, t'as
chaud.

— Ça va... Merci.

— Allez, viens te baigner.

Elle s'est levée. J'ai refusé poliment. Sans insis-
ter elle a laissé tomber son paréo et a rejoint les
autres, le pas léger, comme rebondissant sur le
sable. Sa peau était pâle, elle ne bronzait pas. Elle
a disparu dans la mer et je me suis retrouvé seul
au milieu de la foule. Les torses nus des vol-
leyeurs jaillissaient en l'air. Les baigneurs se
jetaient dans les vagues. Les parents éloignaient
les enfants pour qu'ils ne meurent pas dans les
courants de baïnes. Louis et Zoé riaient déjà.
Luce plongeait sous les fracas et reparaissait
chaque fois ailleurs. Des bouts de son corps scin-
tillaient au gré des vagues. Soudain j'ai voulu la
rejoindre. Je me suis levé, mais tout le reste

autour de moi s'est levé en retard, comme si j'avais bu. Un homme est passé avec un détecteur de métaux. Un enfant a hurlé dans une vague. Je me suis tordu le cou et j'ai vu le drapeau, le trou, le cadavre d'Oscar. Qu'est-ce que je fous là, ai-je pensé tout d'un coup, plus fort que les autres jours. J'ai quitté la plage et j'ai franchi la dune. Je n'ai pas dit au revoir et, de toute façon, ils ne m'ont pas vu partir.

*

De l'autre côté c'était le même monde étranger. La chaleur montait, le soleil coulait dans les allées. Un fou faisait griller des saucisses comme si c'était déjà l'heure. De la musique sortait des haut-parleurs : « Top Summer Hits. » Vingt-cinq chansons. Dès le premier jour, je les avais repérées : vingt-cinq chansons qui tournaient en boucle, comme au supermarché. Ni trop fort, pour ne pas déranger, ni trop bas pour bien s'immiscer partout comme le soleil, le sable et l'eau des Landes : *If you go hard you gotta get on the floor… If you're a party freak then step on the*

floor... If you're an animal then tear up the floor...
Tout autour, les gens poursuivaient leurs
vacances. Ils ne voulaient pas m'entendre. Et puis
je n'avais rien à dire. Je pouvais dire : Oscar est
mort – je n'y croyais même pas. J'essayais de penser à lui et je n'y arrivais que par à-coups, petites
bouffées de chaleur. Je sentais son téléphone brûlant contre ma cuisse. J'aurais pu l'apporter aux
objets trouvés. Mais c'était loin. J'aurais dû traverser tout le camping, puis, à l'accueil, faire la
queue avec les campeurs cramés, les enfants perdus, les nouveaux arrivants et les étrangers qui
ne comprenaient pas, pour lesquels on appelait
l'hôtesse polyglotte afin qu'elle leur explique en
anglais, allemand, espagnol, flamand, les règles
des lieux et les horaires de l'aquagym, avant
d'attacher au poignet de chacun ce petit bracelet
bleu qui nous unissait pour l'éternité. J'avais
réussi à arracher le mien le premier jour avec un
couteau à viande.

Je me suis écroulé sur un banc. Il me fallait
mes parents. À eux peut-être, je pourrais dire. Ils
ne devaient pas être encore rentrés. Je n'avais
aucune idée de l'heure.

J'ai observé autour de moi et j'ai reconnu le
parc de la veille. La balançoire était là avec ses

cordes immaculées. D'où avais-je regardé mourir Oscar ? Je ne me souvenais plus. Je croyais voir un autre parc, un décor posé là. Des enfants jouaient. La plupart tournaient à s'en faire vomir sur un tourniquet en forme de crocodile.

— C'est pas un crocodile, c'est un alligator, a dit une fille à un garçon. Le crocodile a un museau pointu, et l'alligator a un museau rond, alors lui, c'est un alligator.

Elle fixait le garçon fièrement et il secouait la tête pour dire non. J'ai détaillé l'alligator, ses yeux jaunes, sa carapace verte, la barre de métal qui sortait de sa gueule pour que les enfants s'y accrochent. J'ai senti ma lèvre trembler et les larmes revenir du fond de la nuit dernière, rattraper leur retard. Peu de bêtises en dix-sept ans. Aucune véritable grosse bêtise. Je n'avais jamais triché, volé, frappé. Insulté rarement. La haine et la colère, je les avais accumulées sagement. Ce n'était pas un accident. J'avais laissé mourir Oscar. J'aurais pu le sauver et je ne l'avais pas fait. Ensuite, j'avais caché son corps. Je ne me rappelais plus pourquoi. J'aurais pu m'en aller. On l'aurait découvert au même endroit. On aurait vu les marques sur son cou et l'alcool dans son sang, on aurait noté l'heure du décès. Cela aurait jeté un froid tel que tout le monde serait parti, moi compris, loin d'ici. Mais je l'avais enterré. C'était ça, la vraie bêtise. J'avais consacré ma nuit à enterrer un mort.

J'ai allumé son téléphone. Je ne connaissais pas son code. Je ne savais rien de lui. Tout ce que j'avais c'était cet écran verrouillé, avec une photo de montagne et deux appels manqués, un de Luce, un de sa mère. Je me souvenais de sa mère. Je l'avais vue quelquefois sur la plage. On s'était moqué d'Oscar parce qu'il campait avec elle. Chaque soir elle remontait seule jusqu'à son bungalow. Je me souvenais aussi du bungalow. Je pourrais le chercher, la serviette bleue d'Oscar devait pendre sur la rambarde, beaucoup trop sèche. Je pourrais trouver sa mère et lui parler, elle m'écouterait.

Je me suis remis à marcher vers les bungalows. En chemin j'ai senti ma vue se voiler, le sol s'adoucir. Deux semaines durant j'avais inventé des parcours pour éviter le soleil, sillonnant le camping à l'ombre des pins et des toiles, quitte à perdre du temps, ce qui du reste n'était que du temps gagné. Mais je ne prenais plus cette peine. J'avançais tête nue dans la lumière. Un engourdissement agréable m'enveloppait et m'empêchait de penser trop loin. Au bout d'une allée, j'ai cru reconnaître le bungalow d'Oscar. La terrasse était déserte. La porte ouverte. On ne fermait jamais rien au camping. On faisait confiance à tout le monde. Je me suis approché. J'ai monté les trois petites marches. Un ventilateur agitait le hamac pendu dans un coin. Il n'y avait personne. Un bodyboard plein de sable. Des bouteilles de rosé vides. Ma vue s'est voilée davantage. Quelqu'un remuait à l'intérieur. Tout s'est passé calmement : j'ai vacillé, la mère d'Oscar est sortie, elle m'a soutenu et allongé dans le hamac. Je me suis laissé bercer dans l'air frais du ventilateur. Elle m'a apporté un verre d'eau et s'est assise en face de moi.

— Ça va mieux ? Il fait 39, et ça va continuer à grimper. T'es un ami d'Oscar ?

Je n'ai pas pu répondre. J'étais venu pour tout dire mais je ne savais pas comment commencer, rien qu'ouvrir la bouche m'était difficile. Alors je l'ai regardée, j'ai fixé ses yeux comme ceux d'Oscar et j'ai pensé bien fort qu'elle était sa mère pour que la nausée me fasse sortir les mots. Elle s'est détournée. Accoudée à la rambarde, elle s'est allumé une cigarette. Sa robe laissait voir une constellation tatouée sur son dos nu. C'était le genre de personne que mes parents méprisaient un peu.

— Comment tu t'appelles ?

— Léonard.

— Moi c'est Claire.

Claire. J'ai compris que je ne lui dirais jamais rien.

— T'es complètement sonné. Repose-toi un peu. Je sais pas où est Oscar, il n'a pas dormi là. Tu veux l'attendre ici ?

J'ai haussé les épaules, ça l'a amusée.

— Alors, comment tu le trouves, ce camping ?

— Ça va…

— Vous buvez pas trop, le soir ?

— Non.

— T'es avec des amis ? Avec tes parents ? Alors, c'est si horrible que ça de camper avec sa mère ? Ça fiche la honte avec les filles ?

— Non…

— J'en connais un à qui faudrait dire ça.

Elle s'est retournée et m'a souri. Oscar n'était pas si beau, je me suis rappelé son visage. Il paraissait l'être de loin, au soleil, mais ses traits étaient lourds et ses yeux toujours fatigués.

— Profitez-en, c'est vos meilleures années. Nous, on part cet après-midi. On reviendra l'été prochain, mais on prendra une tente. Ils exagèrent un peu sur le tarif des bungalows.

Elle m'a souri encore et j'ai baissé la tête pour ne plus la voir, et puis aussi pour qu'elle m'interroge, me secoue, découvre tout d'elle-même puisque je ne savais ni parler ni pleurer et que j'avais la tête d'un ange. Je l'ai sentie s'éloigner dans mon dos. Elle est rentrée à l'intérieur. Je me suis retrouvé seul, encore, dans le plus grand des calmes.

Ma tête inclinait le paysage. Un cortège passait. Le lapin rose emmenait des ados vers la plage. Ils chantaient. Parfois leurs bras se levaient et semblaient pointer le soleil. Ils ne souffraient pas. Depuis quelques étés déjà, la chaleur ne cessait de s'intensifier. Chaque année elle surgissait plus tôt, cette fois dès février, et on l'avait accueillie sans crainte, trop heureux de finir l'hiver, on avait dressé les terrasses des bars sans présager du pire. La vraie brûlure, on ne la sentait pas venir. Je me demandais à compter de quel degré ce serait trop. Tout se renverserait. On fuirait ce camping comme on saute d'un appartement en flammes et le lapin resterait seul à danser. Je voulais bouger. Je me haïssais d'être allongé là sans agir. Mais mes yeux se fermaient. Le sommeil me rattrapait enfin. On ne dormait jamais beaucoup, ici. On se couchait tard, puis on se levait aux premières lueurs pour partir avec les autres, en rangs bien serrés vers la joie.

*

« Suite à un petit incident sur la plage, nous vous demandons de garder vos chiens attachés à votre emplacement, à l'ombre… Et tant qu'à faire, mettez-vous à l'ombre aussi, il fait 40 degrés, les amis ! »

Luce avançait vers moi dans son paréo rouge. Je somnolais. J'ai pensé : elle m'a retrouvé. Je me suis tassé dans le hamac pour qu'elle ne me voie pas. Claire est ressortie.

— Tu cherches Oscar ?

— Oui !

— T'es sa petite copine ?

— Pas vraiment.

— Je ne sais pas où il est… Mais si tu veux, j'en ai un autre, là, qui dort.

Je me suis redressé honteusement. Luce n'a pas paru surprise. Elle s'est approchée, les mains dans le dos, et elle a fait mine de réfléchir.

— Oui... Il a l'air bien... Comment il s'appelle ?

— Léonard. Il ne parle pas, mais il est gentil.

— Et c'est normal qu'il soit rouge comme ça ?

Elles ont ri ensemble, je les ai trouvées cruelles. Luce m'a fait un clin d'œil. Je lui en ai fait un aussi, sans réfléchir.

— Je vais à la piscine, t'es chaud ?

Je me suis levé et je suis resté planté devant elle. Je ne l'avais jamais regardée d'aussi près. Assez grande, les yeux marrons. Taches de rousseur pleines de soleil.

— Viens, Léonard.

Je me suis senti flatté. Comme un petit chien, je l'ai suivie. Je suis passé devant Claire et, un instant, j'ai failli parler, j'ai ouvert la bouche, et je l'ai refermée. Elle a rigolé.

— Allez, accompagne-la. Qu'est-ce que t'attends ?

*

Le camping avait ses propres lois. Deux semaines de vacances, c'était une vie entière. On y arrivait comme on naît, pâle et seul. On en repartait dans un soupir de tristesse ou de soulagement comme on meurt. Les amitiés se faisaient, se défaisaient au détour des allées. Les cœurs s'enflammaient et se brisaient dans une même journée. J'avais vu quelquefois Luce et Oscar être amis, être amoureux, ou s'ignorer. Je marchais désormais avec elle comme si j'étais lui. Des garçons nous observaient. Elle saluait ceux qu'elle connaissait. Son paréo effleurait ma main au hasard de ses pas.

— Je ne savais pas que tu connaissais la mère d'Oscar.

— Je ne la connais pas.

— Mais t'étais quand même dans son hamac.

— Oui.

Elle souriait. Elle me trouvait drôle et me prenait pour plus intelligent que je ne l'étais. C'était fréquent : gêné, je disais des choses absurdes et je passais pour un garçon spirituel.

— Tu t'entends bien avec Oscar ?

— Je ne sais pas.

— Pourquoi t'es parti sans prévenir, tout à l'heure ?

— Je ne me sentais pas bien. Pardon.

Tout au plus, j'avais l'air de bouder. Je serrais le téléphone dans ma poche, le maillot me démangeait, les pensées et la chaleur se confondaient en sueur sur ma peau mais je n'avais l'air que d'un petit prince contrarié.

— Pourquoi tu fais cette tête ?

— C'est ma tête normale.

Elle acceptait mes réponses. Je la supportais mieux que les autres. Quelque chose était différent avec elle. Mais je voulais partir quand même. Mes parents devaient être rentrés.

— Il faut que j'aille manger.

— Déjà ? Rejoins-moi à la piscine après !

J'ai bifurqué d'un coup. Je l'ai entendue dans mon dos :

— Tu sais, c'est vraiment pas mon copain, Oscar. On est proches, c'est tout.

*

Mon père préparait le repas. Ma mère lisait son polar. Alma tournait autour d'eux en tricycle, et Bulle, notre chien, un terre-neuve magnifique, dormait à l'ombre d'une haie. À les voir tous, ces visages familiers, je me suis apaisé, et un élan m'a pris, d'amour et de courage : eux allaient m'entendre. Quand il m'a aperçu, mon père m'a jeté un fromage.

— Réflexe ! On a pillé le marché de Dax ! Je peux goûter ? Et hop, un bout de fromage ! Je peux goûter ? Et hooop, encore un bout de fromage ! Bon, j'ai fini par en acheter un, faut pas pousser. Ça va, toi ?

— Assieds-toi, a dit ma mère en glissant une assiette devant moi. On t'a appelé, t'as pas ton téléphone sur toi ?

J'ai secoué la tête. Alma m'a dévisagé.

— T'es tout rouge.

— Où est Adrien ? ai-je demandé soudain.

— Il a rejoint ses amis du surf.

— On lui laisse sa liberté... À quinze ans, ça va, non, t'en penses quoi ?

Bulle haletait à mes pieds, la chaleur l'empêchait de dormir, sa langue pendait, il était triste, il avait plus chaud que nous tous réunis, il ne pouvait pas se mettre torse nu, lui. Moi non plus.

— Il a trop chaud, Bulle. Ce matin il était agressif, il faut faire attention...

— Il paraît qu'un chien est devenu fou tout à l'heure sur la plage. Il a mordu un enfant.

— Est-ce qu'il va me mordre, moi aussi ?

— Non, ma chérie.

— Tu te protèges bien, Léo ?

— Oui.

— Je veux dire : tu mets de la crème ?

— Oui.

— On va partir en fin d'après-midi, tranquillement. T'as le temps de profiter encore.

Le taboulé, resté dans son emballage, était bordé de chips à la moutarde. Disposées sur des feuilles de salade, des tomates cerises dessinaient un visage souriant. Mon père s'est penché vers moi.

— Alors… t'es sorti, hier soir ?

— Oui.

— On entendait votre musique jusqu'ici. Nous, on était au karaoké. C'était bien aussi. Il y avait ce type déguisé en lapin, il voulait m'attacher une carotte à la ceinture pour que j'essaie de la faire rentrer dans une bouteille en bougeant le bassin, tu vois le genre. J'ai refusé, évidemment.

— Je suis désolé, je n'ai pas faim.

J'ai repoussé l'assiette et je me suis levé.

— Tu as rendez-vous ?

— Arrête avec ça, a soufflé ma mère.

— Oh ça va, on peut poser la question !

— Tu n'es pas obligé de répondre, Léo.

— Elle est jolie, au moins ?

Ma mère le toisait pour qu'il se taise. Je n'aimais pas davantage sa pudeur. Il y a eu un silence. Ils ont bien senti que quelque chose allait mal. C'était le moment de parler. Adrien était avec ses amis du surf. On demanderait à Alma d'aller jouer. Je dirais : Écoutez-moi… Mais il y avait justement ce silence, l'odeur des pins, la présence de Bulle et notre dernier jour de camping sur un emplacement de choix. D'habitude, nous passions les vacances en famille chez les grands-parents. Mais celles-ci avaient constitué un horizon depuis l'automne. Les parents s'y étaient accrochés. Certains soirs en rentrant du travail, ils nous avaient montré des photos des Landes et des vidéos en direct pour voir la plage à toutes les saisons. Ç'avait été de longs préparatifs. D'abord, acheter des tentes, du matériel de camping et des bodyboards. Traverser ensuite la France. Sur place il avait fallu payer encore pour la vue, l'emplacement, l'accès direct à la plage. Enfin il y avait eu les sorties et les restaurants pour aller jusqu'au bout du plaisir. On avait répété souvent que le paysage était beau, « vachement beau », pour le rentabiliser. Une fois, un nuage gris s'était pointé dans le ciel et chacun de nous, même Alma, avait feint de ne pas le voir, pour que rien ne gâche la joie. Puis le ciel était resté bleu. La chaleur avait balayé le souvenir des mois de pluie, le séjour s'était déroulé parfaitement. Mes parents avaient tout fait pour cela. Je les avais vus compter les jours, regretter chaque soir que le bonheur file si vite. J'avais compté moi aussi. Deux semaines que j'attendais qu'elles se terminent, leurs vacances : je ne pouvais pas en plus les leur gâcher avec Oscar, le corps d'Oscar enterré pendant les jours heureux. Alors je me suis tu.

— Mange ta salade, Léo, sinon tu vas te dessécher.

— Tais-toi, Alma, c'est pas le moment. Et en plus, c'est faux.

*

Adrien et moi devions nous relayer pour faire la vaisselle à chaque repas. Lui râlait toujours quand c'était son tour et nous mangions ensuite dans des assiettes un peu sales, expédiées par l'urgence du plaisir. Mais quand venait le mien, je partais sans qu'on ait à me le demander. Tous se ruaient à la plage et je me mettais au travail. Je ne pouvais pas me baigner, ni bronzer ni boire, puisque j'étais occupé à récurer. À l'ombre des sanitaires, je glissais lentement mes mains dans l'eau savonneuse. On passait à côté de moi sans rien suspecter. On me croyait à la corvée. Et je restais de longues minutes à divaguer en pensée. Parfois, collé à l'évier, une petite excitation me prenait, et la tristesse alors suivait toujours, car il fallait bien admettre cette envie cachée, tassée, de rejoindre les autres et de savoir danser. Mais je ne bougeais pas de là. Je frottais les taches de mayonnaise et je voulais qu'elles ne partent pas. Et quand décidément plus rien n'était à faire, je rentrais, avec la vaisselle la plus propre du monde et mes mains abîmées, poncées, écorchées d'avoir tant fui. Mon père disait que je n'avais pas à me donner tout ce mal. De toute façon, nous remangerions dans ces assiettes. Je perdais mon temps. Ces vacances étaient aussi les miennes. Je ne devais pas laisser mes obsessions les foutre en l'air.

J'étais en plein lavage, quand Louis est apparu dans mon dos. Il me croisait souvent par hasard, curieux hasards dans un si grand camping. Il disait : « C'est marrant qu'on se croise toujours. » Il était le seul à rechercher ma compagnie. Je m'en fichais un peu. Il m'a aidé à rapporter la vaisselle et il a salué mes parents. Ils ont échangé quelques mots sur la météo : il fait chaud, très chaud, mais on ne va pas se plaindre, on est venus pour ça, etc. Puis tous les deux, nous sommes allés à la baraque à frites de la dune. Louis voulait manger. Nous avons longé le trou. Un chien reniflait à côté. En le voyant j'ai voulu le chasser, j'ai eu peur qu'il creuse, qu'il déterre et que l'on me retrouve grâce aux empreintes de mes mains sur le col d'Oscar. Puis un instant j'ai eu peur qu'il ne creuse pas, jamais – que l'on me laisse, cet été et tous les autres, suivre infiniment Louis sur les terrasses des baraques à frites pour l'écouter parler de cul.

— Je dis pas que j'ai aucune chance avec Zoé, mais c'est pas sûr non plus, donc faut pas se fermer les portes. Mais là j'ai personne d'autre... Le problème avec Tinder, en fait, c'est que tu nivelles tes exigences en fonction de ta propre idée de toi-même, tu vois ce que je veux dire. Par exemple, cette fille, là, regarde, elle me plaît, mais je suis sûr que moi je lui plairais pas, donc je fais comme si elle me plaisait pas non plus, alors que je la baiserais bien.

Il était affalé dans son transat, presque nu avec son short retroussé en haut des cuisses, transpirant, haletant. Un peu comme Bulle. Son doigt faisait défiler les profils de filles avec une espèce de hargne. Sur Tinder, on était limité à cinquante profils par jour. Au-delà, il fallait payer. Louis payait. « De toute façon cet argent, si je le mettais pas là-dedans, je le mettrais dans autre chose. Je les emmerde, les capitalistes, j'achète ce que j'aime, voilà. C'est ma thune, je fais ce que je veux. » Avec cet argent, il achetait le droit de prétendre à toutes les filles. Il les faisait défiler une à une, et l'absence de succès rendait peu à peu son geste plus las, plus mécanique, plus tolérant aussi. Comme chaque fois, il finirait par accepter n'importe laquelle, pour peu qu'elle veuille bien de lui.

— Putain. Y en a plus.

Je ne l'écoutais qu'à moitié. Je sombrais dans un état second, une sieste morbide. Les taches de couleur des parasols remuaient comme des reflets troublés, comme si on avait lancé une pierre à la surface de cette fausse plage.

— Léo, tu m'écoutes ?

— Il n'y en a plus ? ai-je répété, les yeux fermés.

— Plus de meufs, ouais. « Aucune personne à proximité, veuillez réessayer plus tard. » Ça veut dire que j'ai checké tous les profils du camping, ça craint.

Mais il y en avait pourtant des personnes à proximité, ai-je pensé, qui bronzaient dans les transats, qui jouaient aux raquettes, qui se baignaient ; et quelques autres, seules, qui attendaient…

— Bon, je fais quoi maintenant ? À part Zoé j'ai personne… Je rallonge le périmètre de recherche, genre dix kilomètres à la ronde ? Non mais je vais pas aller jusqu'à Dax pour baiser…

Je l'ai senti s'affaisser.

— Tant pis. Zoé. Zoé ou rien. Elle doit être à son truc de yoga. Je vais bouger.

Il n'a pas bougé. Il est resté là, à macérer dans son transat.

— C'est de ma faute, aussi. Elles sont moches, mes trois photos. J'ai l'air con. Pourquoi je me fous torse nu alors que je suis gras… Regarde mon petit ventre gras. Pourquoi je garde pas mon T-shirt, comme toi ? Hein ? Eh, Léo, tu dors ?

— Quoi ? Je ne sais pas.

— Je me dis qu'une bonne branlette et c'est réglé, en fait. C'est vrai, c'est tout le temps pareil, ça m'excite d'aller sur Tinder, mais je trouve personne, du coup je me branle, et ça va mieux. Je bute l'envie dans l'œuf. Mais ce serait con de jamais le faire en vrai, quand même... Je veux pas finir par aller aux putes ou faire des vieux trucs dégueulasses, je sais pas, tu peux vite tomber dans des plans bien glauques à force de galérer, tu peux te foutre en l'air...

Il s'est redressé soudain et il a regardé les gens, l'air fou.

— Je veux baiser ! WOH !

— Ta gueule, a dit le gars de la baraque à frites.

Louis s'est rassis en ricanant. Il transpirait beaucoup. Son rire s'est éteint peu à peu et il s'est assoupi. Son téléphone gisait dans sa main, vidé de filles à aimer. J'ai pensé à Tinder. Jamais je n'avais envisagé de me créer un profil. Quelles photos ? Quels sourires ? Que dire aux personnes que je ne connaissais pas ? « Salut, ça va ? Je fais de la musique, et toi ? Il fait beau. Je garde mon T-shirt parce que je l'aime bien, oui, c'est tout. » Jamais je n'avais osé. Cela m'aurait pourtant forcé à draguer. Je m'y sentais obligé. On guettait le désir au fond de mes yeux et sous mon maillot. Mais dans une telle chaleur, comment vouloir enlacer, coller ma peau à une autre ? Rien que la mienne m'était insupportable. Elle dégoulinait de sueur et j'en respirais l'odeur pour me saouler de dégoût et d'envie d'être seul.

Le trou était toujours là, plus bas. Il persistait. Il continuait à contenir Oscar. Je me suis imaginé en photo devant lui, les doigts en V, avec une pose songeuse comme le font certains pour paraître beaux. Un maître nageur grimpait sur le mât du drapeau de baignade pour en changer la couleur, du vert à l'orange, car les vagues grandissaient. C'est beau les Landes, disaient les gens. L'air est pur, il fait chaud, on a l'océan devant soi. Personne ne disait : C'est terrible, les Landes. C'est le faux calme des pins, le fracas des vagues dont on sait bien qu'elles ont déjà tué, et tous ces rires et cris de jouissance mêlés en un même écho sourd, comme dans les hangars mal éclairés des piscines à vagues pleines de chlore et d'angoisse.

Montant de derrière la dune, un point rouge est apparu dans le ciel. Il est monté plus haut – c'était un petit cerf-volant. Un instant j'avais cru que c'était Luce. Le rouge écarlate de son paréo sur le ciel. Je pensais à elle, c'est vrai. À sa peau blanche qui dissonait avec le reste. Elle couvrait les phrases de Louis, le bruit de la plage. Elle me donnait envie de me lever.

*

La vie du camping suivait son cours. Pétanque, aquagym, ping-pong, enfants qui tombent de vélo et qui pleurent. C'était un grand camping, on ne retenait pas les visages. C'était un grand village, avec ses rues et ses quartiers lointains. On ne tenait pas les comptes. Un citoyen pouvait manquer : s'il n'était pas là, il était ailleurs. On ne m'avait pas cherché, les jours où j'étais resté à l'écart. On ne cherchait pas non plus Oscar, on s'en fichait qu'il soit mort.

J'ai retrouvé Luce au bord de la piscine, allongée sur une chaise longue en plastique. Elle portait des lunettes noires et buvait du Coca. L'ombre traçait une ligne oblique sur ses jambes. J'ai ressenti quelque chose au cœur, que j'ai bien noté parce que c'était curieusement haut dans mon corps – parce que depuis ce matin tout se passait plus bas, dans l'estomac : l'angoisse, les crampes, l'envie de vomir, etc. Des serviettes étaient étendues sur deux autres chaises à côté d'elle, je m'en suis méfié.

— T'es venu ! C'était bien, avec tes parents ?

— Ça va.

Je me suis assis tout au bord de sa chaise, une fesse dans le vide.

— Je vais bientôt me barrer, faut que je passe chez moi. Tu peux m'accompagner, si tu veux.

— Chez toi ?

— Chez mes parents. Ils habitent tout près. Je vais faire une machine là-bas. Eh, c'est marrant, tes yeux.

J'ai baissé la tête.

— Attends, fais voir. On dirait qu'ils ont changé. Ils sont de quelle couleur ? C'est dur à savoir.

— Je ne sais pas.

— Gris, un peu… avec du jaune au fond quand tu souris. C'est joli.

Elle se moquait peut-être. J'ai regardé aux alentours pour chercher les complices, les caméras cachées dans les coins, l'explication de cet intérêt

soudain pour moi. Je me suis éclairci la gorge et
j'ai rougi d'avance :

— Toi, tu as les yeux marron, ai-je dit, la voix
déraillant vers les aigus comme quand on mue.

— Oui, bien vu. Ils sont assez banals.

J'ai haussé lâchement les épaules. J'aurais voulu
lui dire des choses originales. Les deux proprié-
taires des serviettes sont arrivés du snack avec des
bières, torse nu, ruisselants.

— Yann et Tom, m'a dit Luce. Léonard, un
pote.

— Yo.

Un pote. Ils m'ont checké. J'ai failli partir mais
ça ne se faisait vraiment pas.

— Il fait chaud !

— Y a un chien qui est mort il paraît.

— C'est celui qui a mordu un enfant ?

— Non, ça c'est un autre.

J'ai senti le sang remplir ma tête. Yann s'est
assis à côté de Luce. Il a posé son bras sur son
épaule et elle l'a laissé faire. Il était beau, sûr de
lui. Je lui ai reconnu tout de suite cette attitude
de condescendance tranquille qui m'était fami-
lière : en un coup d'œil il m'avait rangé dans la
case des êtres inférieurs à lui en tous points, et
néanmoins la fragilité qu'il me supposait lui

commandait d'être gentil avec moi, comme avec une petite plante rabougrie qu'on arrose par pitié.

— Je t'ai jamais vu, toi. Léonard, c'est ça ?

— Oui.

— Genre Leonardo DiCaprio.

— Oui, voilà.

J'ai essayé de sourire mais ça m'a fait mal.

— On va se baigner ?

— Sans moi, a dit Luce.

— C'est ça, reste toute seule, a rétorqué Yann en la touchant encore. Tu viens avec nous, Léonard ?

— Sans moi... ai-je répété dans un souffle.

Ils ont ricané.

— Allez, viens.

— Non, ça va, merci.

— T'as hyper chaud, là...

— Laisse-le, gros, il a pas envie.

— Mais il transpire, il est pas bien !

— Si, si, je suis bien... je préfère rester là.

— Enlève ton T-shirt, au moins...

J'ai regardé Luce avec détresse mais elle n'a pas bronché. Tom s'est levé en me faisant un clin d'œil, l'air de dire : « T'inquiète pas, petit fragile, mon pote est lourd mais ça ira si tu continues à sourire et à fermer ta gueule. » Yann gardait son bras posé sur son épaule. Le souvenir de la nuit dernière a resurgi. Je l'avais regardé dans son maillot bleu et j'avais voulu le laisser mourir.

— Elle aime pas que tu la touches, ai-je marmonné.

— Quoi ?

Tom s'est mis à rire.

— Il a dit quoi ? Il a dit quoi ? a répété Yann en riant aussi pour que ça dégénère.

— Rien, ai-je répondu sèchement. Va te baigner.

Il m'a donné une petite claque, pas assez forte pour que je la rende, parfaitement dosée.

— Faut que tu t'amuses, Léonard.

Tom l'a entraîné vers la piscine. Luce est restée là, souriante. Je tremblais un peu. Les larmes poussaient de l'autre côté de mes yeux pour les enfoncer comme des portes. Je pensais : Pleure pas, est-ce que c'est des raisons pour pleurer, ça ?

— T'as été d'un calme... Moi je l'aurais frappé.

J'ai détourné les yeux vers les campeurs qui croupissaient agglutinés dans la piscine, et la fausse herbe autour, les fausses plantes, les parasols, posés çà et là comme dans une modélisation 3D, figés dans l'idée même des vacances. Le soleil, pile au-dessus, grésillait comme une ampoule énorme. Je ne savais pas ce que je voulais. Je me voyais faire des choses ou ne rien faire du tout, avec toujours ce même étonnement étranger. J'entendais le prof d'aquagym demander de remuer le bassin au rythme de la musique pour se faire un beau corps, un beau corps pour cet été presque achevé, un beau corps pour être aimé malgré les visages laids, la graisse, la peau pelée... *Corde à sauter, hé hé, corde à sauter, hé hé... Doucement... Mais fais doucement... Position, 1, 2... Position, 1, 2... C'est bon ça... C'est bon ça...* Quelque chose a vibré dans ma poche. La sonnerie de la veille a retenti. La sueur m'a coulé d'un coup dans le dos, comme une petite cascade. J'ai sorti le téléphone d'Oscar et, caché derrière ma cuisse, je l'ai éteint. Luce n'avait rien vu, rien entendu. Ou plutôt elle s'en fichait, comme de tout. Elle sirotait son Coca. Elle m'a paru soudain une autre, entièrement complice de tous ces gens. Elle ne dissonait plus. Elle aussi croupissait au bord de la piscine, cet étang immonde. J'ai eu envie de lui renverser sa canette sur le visage.

Je transpirais trop, je devais me laver. D'un geste bien marqué, j'ai retiré mon T-shirt pour la première fois, ici, en dehors des douches ou de ma tente, là où personne ne pouvait me voir. J'étais frêle. Avec des marques de bronzage. Peut-être les marques aussi de toutes les mains des oncles qui m'avaient tapé dans le dos en disant : « Faut manger, Léo, t'es tout maigre ! » Creux considérable au niveau du sternum. Épaules fines prolongées par un cou fin et long, brisable. Côtes saillantes et omoplates ressortant derrière comme celles des enfants. Petit corps inflammable. Face aux canons en vigueur, j'étais nul, sans valeur sur le marché. Mais je me suis levé. J'ai posé le téléphone d'Oscar aussi sûrement que si c'était le mien. Je savais que Luce me regardait. J'ai marché jusqu'au bassin, la tête haute, et j'ai plongé sans me boucher le nez. De l'eau m'est rentrée dans les sinus. Je me suis laissé entraîner vers le fond. Au-dessus de moi, des jambes coupées, des fesses, des petits pieds remuaient pour ne pas couler. Le bleu filtrait le soleil et les rires comme des souvenirs. Je pouvais rester là, le chlore dans la bouche. Une personne en moins dans le camping, ça ne se voyait pas.

*

— Mes parents trouvent que le camping, c'est un truc de beaufs. Mais ils me laissent venir ici l'été. Ça fait quatre ans que je campe toute seule.

— Tu dois connaître tout le monde, alors.

— Non, ça change chaque année, même s'il y en a certains qui reviennent. Tu reviendras, Léonard ?

— Je ne sais pas.

Ses parents habitaient le village le plus proche. On pouvait s'y rendre en coupant par la forêt. Le chemin était calme, loin du soleil. Les aiguilles de pin étaient douces et ne brûlaient pas les pieds. Je sentais encore le chlore. Je gardais les bras un peu écartés pour m'aérer. J'étais bien. C'est là que j'ai presque oublié Oscar, quelques instants. Je marchais avec Luce. Je pensais à Yann, qui avait touché ses épaules et qui n'était plus là. Je pensais à Oscar, qu'elle était allée chercher à son bunga-low et qui n'était plus là. Oscar qu'elle avait embrassé la veille. J'étais jaloux. Je repensais donc à Oscar, mais on ne pouvait plus être jaloux d'Oscar, pensais-je, et je cessais de penser à lui.

Je regardais Luce et je la trouvais jolie. Je repensais à Oscar qui était sans doute déjà venu ici. Comment pouvait-on ne pas penser à lui ? Le paréo de Luce effleurait ma main. Ça me remontait dans le bras jusqu'au cœur. C'était une autre chaleur que le soleil et je préférais celle-ci, je voulais bien avoir chaud comme ça.

Un couple et leur petit garçon ont croisé notre route. Le petit garçon nous a menacés avec un pistolet. Il m'a tiré dans la tête. Luce a rigolé. La mère l'a attrapé et lui a filé une grande claque. Il a pleuré. Le père s'est excusé du regard et ils se sont éloignés. Luce s'est remise à rire et j'ai ri aussi. L'eau perlait sur mon visage, j'avais l'air d'un chien mouillé. Elle a tendu la main pour m'essuyer. Son geste a fini comme une caresse, exprès, m'a-t-il semblé. Je l'ai laissée faire. J'ai voulu la toucher aussi. Je ne savais pas comment m'y prendre. Tout chez moi partait du ventre pour s'étioler vers l'extérieur, tomber en lambeaux jusqu'au bout de mes doigts qui ne savaient pas caresser. J'ai levé la main quand même. Quelque chose dans cette forêt m'y poussait. Nous étions loin du camping et de la musique. Il suffisait d'un pas de côté. J'ai caressé son visage. J'en ai suivi les contours en tremblant et ce tremblement est devenu mon geste même, pour descendre sur ses yeux, le long de son nez, ses joues, sa bouche. Luce ne bougeait pas, les yeux fermés. Tout ce que je n'avais jamais dit, je pouvais le dire enfin, sans un bruit. Je voulais donner beaucoup. Ça ne suffisait pas. Je me suis penché pour la prendre dans mes bras mais elle m'a arrêté d'un sourire et nous sommes repartis.

Dans sa rue, Luce m'a demandé de deviner quelle était sa maison. J'en ai repéré une avec des volets verts et je l'ai désignée – j'ai choisi juste. Luce a souri, elle a saisi ma main et je me suis dit qu'elle m'emmènerait jusqu'à sa chambre. Mais elle s'est plantée devant la porte ouverte du garage.

— Merde, ils sont là en fait.

Elle a lâché ma main. Son père est apparu.

— Bonjour.

— Bonjour, monsieur.

— Voilà voilà, s'est exclamée Luce en me tapant amicalement dans le dos. C'est là que j'habite !

— C'est très beau.

Le père m'a regardé comme une tache puis il est rentré. Luce avait changé. Elle était gênée, elle rougissait même. Je l'en aimais plus encore.

J'aurais voulu connaître son père, lui parler et lui plaire.

— Désolée, vaut mieux que t'entres pas. J'en ai pour deux heures. On se retrouve à mon emplacement après, si tu veux.

— D'accord.

J'ai hésité à la toucher pour lui dire au revoir. Elle m'a embrassé la joue, très vite, puis elle est partie et j'ai été seul. Oscar est revenu avec son odeur et ses yeux morts.

*

De retour dans la forêt j'avais toujours cette angoisse au ventre, mais elle était différente, plus supportable. Je souriais. Je me souvenais du visage de Luce. Je me souvenais de son corps si près du mien, et de sa cuisse contre la mienne, qui caressait sans le savoir le téléphone d'Oscar sous la toile de mon maillot. Quelque chose n'allait pas bien. Quelque chose essayait de sortir de ma bouche. J'ai pris le téléphone. Je me suis jeté dans les aiguilles au pied d'un pin et j'ai creusé un petit trou. La terre était douce. J'ai mis le téléphone dedans et je l'ai rebouché. Je me suis relevé. J'ai vomi : un peu de bile et d'eau de mer, puis je suis reparti de travers, vers le camping. Il devait être à peine quinze heures. Je ne savais pas quoi faire jusqu'à notre départ. Me brosser les dents, et après ? « Alors Léo, disait souvent mon père, c'est quoi ton programme, aujourd'hui ? » Je ne répondais jamais. Je n'avais pas de programme. Je suivais Louis ou mon chien dans les allées et j'attendais que les heures s'écoulent, que les soleils meurent un à un jusqu'au dernier. Rien n'avait changé.

Je suis retourné sur la dune voir le trou. C'était comme une vieille tombe déjà. Les autres autour ne savaient pas. Ils frôlaient la mort et la fin des vacances en descendant vers la plage. Des enfants construisaient sans le faire exprès des châteaux à la mémoire d'Oscar. Le chemin était si rude dans le sable brûlant que parfois, la douleur tordait le visage d'un passant, qui paraissait soudain savoir. Je le regardais alors, je cherchais un contact. Il se remettait à sourire et s'en allait. En haut de la dune, chacun contournait une poussette abandonnée sous le soleil. Certains se penchaient dessus avec effroi et constataient qu'elle était vide, Dieu soit loué. On m'en a cru le propriétaire. On m'a pris pour l'ado inconscient qui laissait brûler son petit frère. On m'a conseillé de ne pas rester là, dans la pire des chaleurs. J'ai dit que j'attendais quelqu'un. C'était vrai. Deux heures, et Luce reviendrait. Je m'y accrochais. C'était mon repère dans cette journée vide et lente. J'attendais. Et quand je n'en pouvais plus d'attendre, je voulais gratter le sable, révéler le trou aux yeux de tous afin d'en finir et qu'on m'emmène.

Je me suis lassé. J'ai quitté la dune et j'ai tourné dans le camping pendant une heure, peut-être plus. Je remuais les lèvres sans parler. Les gens m'esquivaient. Le son des haut-parleurs était plus fort qu'avant. Je fermais les yeux pour moins entendre la musique, qui se réverbérait sur les corps et les tentes comme la lumière sur la poussière des allées. *Des-pa-cito... Quiero desnudarte a besos despacito...*

— Eh, Léo, tu fous quoi ?

C'était Louis. J'étais sur le boulodrome. Des gens s'embrassaient partout, comme aux prémices d'une orgie. Je croyais halluciner, puis je me suis rappelé : c'était le « hot colin-maillard ». Comme chaque samedi. C'était écrit sur le programme à l'accueil – j'ai même pensé : pourquoi je ne me le suis pas rappelé ? Pourquoi est-ce que j'ai marché jusqu'ici, dans mon état, un samedi, en plein milieu du hot colin-maillard ?

— Tu fous quoi ? a répété Louis. Tu veux jouer ?

Les gens couraient. Quelques-uns, les yeux bandés, devaient les attraper. S'ils réussissaient ils pouvaient les embrasser. C'était torride et rigolard. On regardait en riant ces aveugles trébucher dans la poussière, sourire au vide, les mains tendues avec espoir devant tous ces baisers qui se refusaient, et tous ces désespérés qui se faisaient attraper exprès, tant qu'on ne les voyait pas. Le lapin rose gueulait quelque part : « Olé ! Olé ! OLÉ ! » Ma tête s'est mise à bouillir.

— Tu fous quoi ? a répété Louis encore, plus fort – tout le monde parlait très fort.

Le lapin a surgi pour m'attacher un bandeau sur les yeux. *Des-pa-cito… Quiero desnudarte a besos despacito…* Je me suis débattu. Il a insisté en dansant et les gens se sont arrêtés pour rire. Il voulait que je joue, l'animal. Il voulait peut-être m'étrangler aussi. Il me faisait mal. Ses yeux ne clignaient pas et son sourire persistait, toujours le même sourire infernal dessiné sur sa gueule de lapin heureux. Je l'ai repoussé. Il s'est étalé dans un nuage de poussière. Tout le monde a crié. Quelqu'un m'a bousculé et je suis tombé à mon tour, devant un bouliste qui attendait.

— C'est un hot colin-maillard, mon gars, pas du catch.

Je me suis enfui.

— Dégage !

Louis a couru derrière moi.

— Qu'est-ce que t'as foutu ? Il a rien fait de mal !

— Il m'a agressé !

— Mais il voulait juste que tu joues ! T'es fou !

La musique nous suivait. À peine éloignés d'un haut-parleur on s'approchait d'un autre.

— Ralentis ! Pourquoi tu marches toujours aussi vite ? C'est les vacances, putain !

J'ai continué jusqu'à un banc à l'écart, loin des pins et de la musique, en plein soleil. Mon genou saignait. Je n'avais pas de voiture, pas de vélo non plus, je ne pouvais pas partir d'ici, les routes des Landes étaient dangereuses, on ne s'y risquait pas à pied. Je voulais voir le camping brûler.

— Qu'est-ce qui t'arrive, mon pote ?

— J'en peux plus, de cette musique.

— Ah, c'est ça... Forcément, monsieur fait son difficile...

Il s'est mis à chanter l'air de Vivaldi qu'il connaissait en prenant une mine apprêtée. J'ai cru que j'allais le frapper. C'est passé. Il s'est arrêté de lui-même et s'est adossé au banc, plus sérieux. Avec son T-shirt, il s'est fait un turban. Il a laissé planer un long silence et je me suis senti mieux.

— Léo... Ça y est. J'ai baisé avec Zoé.

— Ah. Bravo.

— C'était ouf.

Je me suis préparé à l'entendre. Il aimait parler de son bonheur aux amis tristes, il n'y résistait pas, il ne s'en rendait même pas compte, peut-être. Il s'est redressé et tout son corps s'est animé pour me raconter, me mettre mal à l'aise, détruire le peu de désir qui me restait.

— On se baignait tous les deux... On a commencé à se toucher un peu... Je bandais déjà comme un taureau... Elle m'a proposé qu'on sorte de l'eau et qu'on aille à son emplacement... J'étais prêt pour le faire. J'ai coincé ma bite un peu de côté dans l'élastique du short et j'ai posé mes mains par-dessus pour cacher le bout qui dépassait. On se marrait bien, on était complices, ça m'excitait... Ensuite j'ai remis mon T-shirt et je me suis trimballé avec ma gaule dans les allées, incognito, devant les enfants, les vieux, tes parents peut-être... Sur la route on disait des choses banales exprès, comme si on savait pas ce qui allait se passer. Et puis on est arrivés à son emplacement, on s'est embrassés, on est rentrés dans sa tente et on s'est allongés... C'est allé vite...

Il s'essoufflait en racontant. Tout son corps a ralenti. Ses yeux se sont perdus, et ce sourire qui avait illuminé son visage, peu à peu, s'est retourné, a tiré ses traits vers le bas comme si sa joie fondait au soleil.

— C'est allé trop vite... Peut-être que j'aurais eu besoin qu'on prenne plus le temps, qu'on discute un peu... Quand j'ai compris que c'était le moment et que je pouvais plus reculer, j'ai commencé à avoir peur. Je me suis dit que je pouvais pas rater, que j'étais face à mon destin. Je me suis tâté sous le maillot et j'ai senti que ça ramollissait, déjà... Alors j'ai pensé à du porno : Zoé m'embrassait et moi je pensais à tout le plus sale que j'avais en mémoire, énormes levrettes, gang-bangs, éjacs faciales et compagnie, je pensais à ça pour rebander. Ça marchait un

peu mais c'était pas naturel... Je luttais... Je
mettais mon cul en arrière pour qu'elle sente pas
avec ses cuisses qu'y avait plus rien... Je transpirais beaucoup, de la mauvaise sueur... Je voulais partir... Je me disais déjà que je me
branlerais plus tard et que ce serait très bien
comme ça... Alors j'ai voulu me concentrer sur
son plaisir à elle, au moins, mais j'y arrivais
même pas... Je pensais qu'à ma bite... Je me
frottais à Zoé comme une larve, je me branlais
contre sa cuisse... J'embrassais ses seins mais j'en
profitais même pas, je les regardais pas, je bavais
dessus, complètement noyé... J'avais la bouche
tellement sèche que ça faisait des bruits horribles
quand je l'ouvrais... Je la gardais fermée... Je
lui faisais des petits sourires... J'étais lourd sur
elle... Je savais même plus où elle en était de
son côté... On était collés mais pas ensemble du
tout... On s'acharnait... À un moment, j'ai
essayé de la caresser sous son maillot. Je savais
pas comment faire... J'en avais déjà vu des mil-
liers, des chattes, en gros plan même, mais là je
savais pas comment faire, je me perdais dedans,
j'osais pas regarder. Je confondais les trucs, je
touchais des endroits qui servaient à rien... Je
voulais me flinguer... Quand même, elle a gémi

un peu, et là ça m'a remis dans le coup. J'ai pris la capote et je l'ai enfilée comme aux répèts. Mais ça retombait déjà... Je gardais un air concentré débile... J'essayais de rentrer, j'étais brutal, tellement j'avais peur. Ma bite se pliait en deux contre son ventre, c'était horrible... Je me branlais un peu... Je lui faisais encore mes vieux sourires... Je repensais au porno, dans ma tête ça gueulait : Oh yes ! yes ! fuck ! Et puis elle a fini par dire : T'inquiète... Ça m'a achevé. Je suis retombé sur le dos. Elle s'est collée à moi, toute gentille. Moi je fixais la toile avec une espèce d'air fâché. Je continuais à me branler du bout des doigts, sans m'en rendre compte... J'avais envie de buter des gens, je te jure, je me voyais avec un flingue, là, en train de faire un carnage dans le camping... Mais Zoé, elle s'est endormie, tranquille... Elle ronflait, même... J'avais chaud, je voulais partir, mais je savais que si je bougeais, elle se réveillerait, et ça j'en avais pas envie. Alors je suis resté comme ça, longtemps... Et, Léo, tu vas te foutre de ma gueule, mais je te jure que j'ai pleuré.

Il a fermé les yeux et s'est affaissé. Il a respiré plus lentement. J'ai suivi du regard la sueur qui coulait de son front sur sa chaîne en argent, sur ses pectoraux musclés seulement au-dessus, sur son maillot hawaïen et ses tongs achetées au camping le premier jour, avec un grand sourire, je m'en souvenais, nous nous étions rencontrés à ce moment-là. Sa poitrine s'est gonflée par saccades de plus en plus espacées, comme celle d'un animal blessé qui meurt. Puis il s'est assoupi. Louis s'endormait toujours quand il était trop triste. Il se réveillait ensuite et repartait en pleine forme, pour se prendre un autre coup. J'ai ressenti un peu d'empathie. J'ai voulu lui tapoter l'épaule, lui dire un mot, faire quelque chose, mais rien n'est venu. J'ai tenté d'imaginer ce que cela faisait d'être lui en permanence, mais je n'ai pas réussi non plus.

En face, un homme repliait sa tente. Je l'avais déjà vu. Il devait avoir quarante ans et il n'était pas très beau. Une semaine auparavant, il était arrivé seul sur cet emplacement trop grand pour lui. Il avait rempli l'espace avec une table, des chaises et des guirlandes lumineuses. Il avait installé sur le coffre de sa voiture une antenne qui lui permettait d'avoir la télévision dans sa tente, ce que la majorité des campeurs jugeaient de mauvais goût. Il s'en était peu servi. Il était souvent resté dehors à regarder les gens passer, surtout les femmes. Le matin seulement, il était allé courir dans la forêt. Personne n'était venu s'asseoir sur ses chaises. Ses guirlandes s'étaient détachées plusieurs fois et il les avait toujours remises en place. Il achevait ses vacances maintenant, on ne le reverrait plus. Il disparaîtrait en franchissant ce porche qu'il avait franchi le samedi d'avant, dans l'autre sens, en klaxonnant. Je l'observais, je pensais à lui et à Louis et aux autres. Je laissais venir leurs tristesses contre la mienne. Le soleil voilait les couleurs et faisait briller la poussière. Une femme courbée traînait un chariot dans les allées.

— Sodas... Sodas...

— Yes ! s'est exclamé Louis en ouvrant soudain les yeux.

Il s'est levé d'un bond, il a acheté un Red Bull et s'est rassis.

— Tant pis pour Zoé. Je m'en tape. Y en aura d'autres. Et toi, t'en es où avec ton affaire ?

J'ai eu peur. Mais il a articulé lentement dans le vide, sans un son : Luce.

— Quoi ?

— Arrête. Tu l'as baisée ?

— Mais non...

Tout se confondait, je me suis senti mal. Je pensais à Luce, c'est vrai. Tout se calmait quand je pensais à Luce, et son nom, Luce, je le répétais en moi pour qu'aucun autre nom ne vienne.

— Tu l'as serrée, au moins ? Putain, tu l'as serrée. Bravo mon pote. Moi, perso, je la trouve pas hyper bonne, mais je comprends qu'elle te plaise. Alors qu'est-ce que tu fous là ? Pourquoi t'es pas avec elle ?

— Elle est chez ses parents, ai-je dit tout bas, honteux.

— Elle revient quand ?

— Je ne sais pas.

Je savais bien qu'elle revenait dans deux heures, peut-être plus qu'une, même, car le temps était passé.

— Allez, raconte !

— On était dans la forêt...

— Merde, ça m'excite déjà, je suis vraiment un gros dégueulasse.

Et j'ai ressenti une once de fierté qui a taillé son chemin, sinué jusqu'au coin de ma bouche pour l'étirer en sourire...

— Mais non, c'est rien, je sais même pas pourquoi je te raconte ça.

— T'es sérieux ? Tu me racontes ça parce que c'est ta meuf !

— Ce n'est pas ma « meuf ».

— T'es chiant, des fois, Léonard. Lâche-toi un peu.

— Arrête de me dire ça.

J'ai fermé les yeux, encore. Je n'avais rien trouvé de mieux. Les taches de couleur et les bruits du camping persistaient dans le noir. Je connaissais les chants d'oiseaux dans les pins et le glissement des voiturettes électriques sur le gravier des allées, ils étaient entrés en moi pour n'en plus sortir, comme l'odeur du chlore de la piscine municipale, tôt le matin dans mon enfance, et puis les yeux d'Oscar, bleu sur blanc cerclé de sang. Je me suis bouché les oreilles, calmement. Louis a pris ma main. Il a déposé quelque chose dedans : un préservatif.

— Tiens. T'en auras plus besoin que moi. T'as encore du temps avant de partir. Mais fais gaffe, Luce, elle est pas comme toi. Elle est plus... libérale, tu vois. C'est un sheitan, elle change d'avis tout le temps. Tu peux te la faire chourer à chaque instant. Là, si ça se trouve, t'es en train de te la faire chourer, d'ailleurs. Là. Là. Là.

Il voulait me faire rire maintenant. Il m'a saisi l'épaule. Il m'a fixé sérieusement et j'ai senti toute sa compassion, cet énorme paquet de compassion jeté à côté de la plaque.

— T'inquiète… De toute façon, après les vacances, tu pourras la revoir. Tu l'ajouteras sur Facebook…

— Sodas… Sodas…

La femme repassait. Elle avait déjà fait le tour du camping, ou bien c'était une autre…

« Le petit Oscar est attendu à l'accueil par sa maman, qui aimerait bien pouvoir rentrer chez elle et, à l'occasion, lui mettre une bonne raclée ! »

Il y a eu des bribes de rires et le micro s'est coupé. Je me suis levé d'un bond.

— Le petit Oscar, a répété Louis en ricanant. La honte…

— J'y vais.

— Voilà ! Fonce ! Fais-lui ton sourire un peu triste, ça les rend folles. Et finis pas comme moi, hein. Sois dur. Dur comme Excalibur.

*

Je suis allé traîner près de l'accueil. Là-bas je suis tombé sur Claire, qui sortait du bâtiment, furieuse, si différente de ce matin.

— T'es là, toi. C'est parce que t'as entendu l'annonce ?

J'ai secoué la tête et j'ai reculé, mais elle ne m'a pas lâché.

— T'as vu Oscar ?

— Pas depuis hier.

— T'étais sur la plage avec lui ?

— Oui.

— Vous vous êtes baignés ?

— Lui, oui.

Elle s'est rapprochée.

— En dehors de la zone autorisée ?

— Je ne sais pas... peut-être.

— Tu sais ce que c'est, les courants de baïnes ?

— Oui.

— Pourquoi tu ne l'en as pas empêché ?

— Je ne sais pas... je suis désolé...

Ma lèvre s'est remise à trembler. J'ai entrevu soudain la possibilité qu'Oscar ne soit pas mort étranglé mais noyé, emporté par les courants. On le chercherait dans la mer plutôt que dans le sable et on me laisserait tranquille, impuni, loin de

Claire. Son corps éclipsait le soleil. Le moindre de ses mouvements m'en jetait des rayons.

— Si tu sais quelque chose, il faut me le dire.

— Bien sûr.

— Pourquoi est-ce que t'es venu me voir tout à l'heure ? T'étais dans un état bizarre.

— J'avais chaud… je passais là par hasard…

Claire a scruté mon visage. Je me suis abandonné au vertige de la chaleur pour brouiller les pistes, ne plus paraître qu'un petit garçon perdu et fragile.

— Ils vont appeler la SNSM.

— D'accord, ai-je soufflé sans comprendre.

— Donne-moi ton numéro. Et si de ton côté t'apprends quelque chose, tu me le dis.

Nous avons échangé nos numéros. Je n'avais rien sur moi alors elle a noté le sien sur un papier que j'ai glissé dans ma poche, à l'ancienne place du téléphone d'Oscar. Elle m'a lancé un dernier regard et j'ai repensé à mes mensonges. Elle a posé sa main sur mon épaule, ses ongles se sont enfoncés dans ma peau.

— Comment tu t'appelles, déjà ?

— Oscar.

— Quoi ?

— Léonard.

— Tu es fou ?

— Pardon. Je ne me sens pas bien, c'est tout.

Je me suis dégagé de son emprise, sèchement.

— J'ai chaud. Vous m'oppressez. Vous me faites dire n'importe quoi. Votre fils, je ne le connais pas. Laissez-moi.

*

Des heures durant j'avais été le seul à m'inquiéter. Les gens n'avaient pas pensé à lui, même pas sa mère. Elle était restée là, à l'attendre. Mais ça montait maintenant. Ça se propagerait dans les allées jusqu'à ce que chacun comprenne. J'avais peur. Je me méprisais. Je n'avais jamais été aussi proche d'avouer et je ne l'avais pas fait. Je pouvais fuir. On ne me retrouverait pas forcément. Le sable devait avoir gommé mes empreintes. J'entendais claquer les coffres des voitures. Il était dix-sept heures, une bonne heure pour partir, dire au revoir à Luce et à Louis, laisser le reste en plan comme un feu mal éteint. J'avais perdu assez de temps.

Sur notre emplacement, mes parents n'avaient pas encore démonté leur tente. Ils m'ont agacé. Je suis entré dans la mienne pour préparer mes affaires. Tout était en place, on aurait dit le petit appartement d'un mort. Depuis quand étais-je parti ? Les vêtements étaient pliés dans un coin. Les appareils électroniques posés en hauteur pour ne pas prendre le sable. Le rouleau de papier toilette toujours dissimulé derrière l'oreiller. Je me suis demandé s'il me reviendrait un jour l'envie de faire ce genre de chose. Parfois, la nuit, je n'avais que cela pour réussir à dormir : le poignet silencieux, les pieds crispés pour ne pas remuer la toile, je repensais à toutes ces filles que j'avais croisées et qui ne m'avaient pas vu. Et bien qu'absolument seul, je rougissais. Le sommeil me rattrapait ensuite et je me réveillais sans le souvenir d'avoir dormi. C'était enfin fini. Adieu la tente, ai-je pensé, je remballe mes affaires, je rentre chez moi et je ne ferai plus jamais de camping de ma vie.

— Qu'est-ce que tu fabriques, Léonard ?
— Je prépare mes affaires.
— Pourquoi ?
— On part bientôt, non ?
— Non.

Je suis sorti et je les ai vus qui souriaient comme à une bonne nouvelle.

— Finalement, on part seulement demain matin.

— Mon rendez-vous a été déplacé à mardi.

— Tu es content ?

— Il n'est pas content...

— Laisse-le répondre.

— Léonard ?

Je me suis assis. J'ai hoché la tête et j'ai essayé de sourire. Mon père a voulu rajouter quelque chose mais ma mère l'a arrêté d'un geste. Elle m'a fixé par dessus son livre. J'ai reconnu ce regard que souvent je n'avais fait que sentir, ce regard des dîners de famille, quand on me disait quelque chose qui pouvait me blesser – alors elle me scrutait en silence, elle surveillait mes infimes réactions avec inquiétude. J'ai reçu ce regard. Je l'ai senti me fouiller sans violence, passer au-delà des mirages pour saisir, par la pupille, la vérité, et peut-être le visage d'Oscar qui survivait au fond de moi.

— En tout cas il faudrait aller promener Bulle, a dit mon père. Il est en train de mourir, là.

Ma mère a détourné les yeux. Elle a cherché le chien.

— Il est où ?

— Bulle ! a crié Alma, qui était là, à côté de moi, je n'avais pas senti sa main sur la mienne.

— Il faut le retrouver.

— J'y vais, ai-je dit soudain.

Je suis parti. Alma a couru derrière moi.

*

— Tu fais quoi, Léonard, quand tu n'es pas avec nous ?

— Je ne sais pas… Je me balade, je vois des gens.

— Qui ?

— Des amis.

— Qui ?

— J'ai un ami qui s'appelle Louis.

— Celui qui transpire ? Je l'ai déjà vu.

— Tout le monde transpire, Alma.

— Pas moi. Tu sais, Adrien aussi, il voit des gens.

— Je sais.

— Je crois qu'il a une amoureuse.

— C'est bien.

— Pourquoi t'es triste aujourd'hui ?

— Je ne suis pas triste.

Je lui ai fait un sourire qui lui a plu. Nous avons continué à chercher Bulle. Il s'était peut-être enfui loin du camping, plus au nord, jusqu'aux plages de galets froids. On était mieux là-bas. Une douce tristesse est montée en moi à l'idée de ne plus jamais revoir mon chien.

Des heures supplémentaires étaient à passer. La journée s'ouvrait comme une plaie. Les vacances repartaient. Il y aurait une autre nuit. Je pouvais ne pas y penser, marcher encore longtemps avec Alma, chercher Bulle en tournant dans les allées. Mais la peur grandirait. La SNSM, quoi que ça puisse être, se répandrait dans le camping. Les yeux de Claire et ceux de ma mère se mêleraient en un même regard insupportable. On ne s'éclipsait pas deux nuits d'affilée. À la deuxième, on commençait à avoir disparu, à être mort, même, si l'on retrouvait le corps, enfoui sous le sable par mes mains. J'ai pensé à l'érosion. Je n'étais pas sûr du mot. Érosion : un petit vent se lève depuis la mer, comme un murmure au ras du sable pour découvrir Oscar, l'œil ouvert d'Oscar fiché dans le ciel.

Et puis, d'un coup, je me suis senti bien. Ces heures et ces heures étaient un tunnel. Je le traverserais avec elle, Luce, jusqu'au matin.

*

« Prudence sur la plage, les vagues grossissent et le drapeau orange risque de devenir rouge bientôt ! Ici c'est les Landes ! Mais qui dit vagues dit vent, et qui dit vent dit fraîcheur... On me parle même dans l'oreillette d'un gros orage pour ce soir... On vous tient au courant ! »

Luce étendait son linge fraîchement lavé.
— C'est ta petite sœur ?
— Oui.
J'étais fier. Je voulais que Luce la connaisse.
— Comment tu t'appelles ?
— Alma, et vous ?
— Luce.
— Alma, ai-je demandé, tu peux retrouver toute seule le chemin jusqu'à papa et maman ?
— Ils ont dit que tu devais rester avec moi.

— Je sais, mais j'aimerais mieux rester avec Luce, tu comprends ?

— Je comprends !

Elle est partie comme une fleur. Je me suis approché de Luce, un peu ému. Elle me semblait rentrer d'un long voyage.

— Tu m'as manqué.

— C'est gentil, Léonard... T'as fait quoi pendant que j'étais pas là ?

— Je t'ai attendue.

Elle a continué à étendre son linge. Elle ne m'a pas touché, à peine regardé. Alors quoi, ai-je pensé en arpentant l'emplacement, elle a oublié ? J'avais cru qu'elle m'embrasserait. Elle a roté soudain et s'est avancée vers moi comme vers un bon vieil ami.

— T'as entendu le lapin, va y avoir un orage. Tu vois là, dans le ciel ?

— Qu'est-ce que je dois voir ?

— Très loin. Des nuages noirs. J'ai hâte. Ça va changer un peu de cette routine de merde. On va se baigner ?

— D'accord.

Elle ne m'aime pas. Elle ne m'aime plus. J'ai mis l'éternité dans deux heures qui n'étaient rien pour elle, elle est partie laver son linge et elle est revenue.

J'ai souri pour rester digne. Je me suis remis à chercher les caméras, le canular, l'immense arnaque embusquée quelque part. Que me voulait-elle ? Elle était bien. Elle était mieux que moi. Elle pouvait, si elle le souhaitait, obtenir un garçon plus assuré et plus tranquille. Mais elle persistait, elle me donnait de son temps. Et moi qui n'avais désiré que cela, je me sentais coupable, et je me disais : elle traîne avec moi car elle ne sait pas que j'ai tué Oscar. Elle a touché mon bras en passant. J'ai fait un pas vers elle, mais elle s'est éloignée.

— Tu veux que je te prête une serviette ?
— D'accord.

Elle me l'a jetée sur la tête, puis elle a pris ma main et nous sommes partis. Je l'ai suivie gauchement jusqu'à la plage. Il fallait l'admettre : j'étais une petite girouette dans son vent, mon cœur valdinguait au gré de ses regards. Pourquoi l'avoir choisie elle, cette fille qui me trimballait comme un chien ? J'étais toujours en retard : parfois ses yeux paraissaient m'aimer ; je n'avais pas le temps d'y croire que déjà son visage m'ignorait ; j'en souffrais à peine que de nouveau sa

81

main reprenait la mienne. J'étais à sa merci. Elle m'aurait demandé de sauter quelque part... Nous avons dépassé le trou et je ne l'ai même pas regardé.

*

Luce m'a embrassé vers dix-huit heures, sans prévenir. Nous avons échangé un regard et elle s'est penchée pour prendre mon visage. La plage a disparu, il n'y a plus eu que ses lèvres, dans lesquelles je me suis perdu, ne sachant que faire, tentant quelques mouvements qui n'ont pas rencontré les siens. C'est venu peu à peu. Ça s'est développé comme de la musique, nos élans se sont combinés. Ça a été un long baiser qui m'a fait l'effet d'une renaissance, ou d'une porte immense qui s'ouvrait sur le ciel. Ensuite, nous n'étions que deux, mais il m'a semblé que nous nous répandions sur la plage pour que notre joie coule entre les allées de corps comme y coulait le soleil. J'ai aimé cette plage. J'ai joué au volley. J'ai retiré mon T-shirt et je me suis promené torse nu, sans gesticuler pour masquer ma maigreur, sans rien calculer, fondu dans la foule comme dans l'eau. Un avion publicitaire est passé dans le ciel avec une banderole Fanta, et cela m'a donné envie, j'ai hélé un vendeur et j'ai acheté un Fanta pour le partager avec Luce. J'avais bien intégré le système, j'en profitais avec les autres. Les odeurs de chichis et le bruit des Jet-Ski ne m'écœuraient plus. La chaleur était légère, elle m'enivrait et me faisait suer de plaisir. Nous nous sommes baignés, avec Luce, fauchés, retournés par les vagues. Le maître nageur m'a sifflé et hurlé dessus plusieurs fois. Je riais. Je ne sentais plus le soleil sur ma tête ni la mer plus forte que moi. J'écoutais la musique et je la reconnaissais : *Vamos a la playa… A mì me gusta bailar… El ritmo de la noche… Sounds of fiesta…* Quand enfin la fatigue a tout fait tourner, Luce m'a ramené aux serviettes. Je l'ai embrassée, puis elle s'est mise à lire sous le parasol, l'ombre traçant encore sur ses jambes une ligne délicate. Je me suis allongé entièrement au soleil pour bronzer mon corps qui demandait maintenant à danser avec les autres.

— Luce, tu viens ? a lancé un garçon qui passait.

— Non merci !

Non merci ! Je n'arrivais pas à ne pas sourire. Tout ce qui n'était pas moi glissait sur sa peau.

— T'as quel âge, en fait, Léo ? T'as l'air jeune.

— Dix-sept ans.

— On a un an de différence, alors. Et à part Alma, tu as d'autres frères et sœurs ?

— J'ai un frère de quinze ans.

— Vous vous ressemblez ?

— Pas du tout.

— Il est beau ?

— Je ne sais pas… Je ne m'en rends pas compte…

J'ai froncé les sourcils, ce qui a dû me donner un air stupide parce qu'elle a rigolé. Que me voulait-elle ? Elle s'est rapprochée.

— Je ne connais rien de toi. Est-ce que tu te souviens, par exemple, du plus beau jour de ta vie ?

— Je dirais que c'est le jour où mes parents m'ont offert Bulle. Mon chien.

— Tu vendrais Bulle pour beaucoup d'argent ?

— Jamais.

— Il y a quelque chose qui te révolte en général ?

— Euh… les inégalités, peut-être.

— Oui, c'est très mal les inégalités, t'as raison. T'auras l'âge de voter aux prochaines élections, tu le feras ?

— Non.

— Pourquoi ? Parce que tu ne comprends pas assez ?

— Non, parce que je n'ai pas envie.

— T'as envie de quoi, alors ?

— Je ne sais pas…

— Qu'est-ce que tu veux, au fond ?

— Je ne sais pas… je ne sais pas.

J'étais gêné. Ça l'amusait.

— C'est pas grave si tu ne sais pas. Et puis c'est peut-être juste ta musicologie qui t'intéresse pour l'instant.

— Merci.

— D'ailleurs, qu'est-ce que tu écoutes, comme musique ?

— Un peu de tout…

— Les gens qui disent ça, on a envie de les frapper.

— Pardon. J'aime bien… la musique classique.

— Je connais pas beaucoup de choses en musique classique, mais j'adore Chopin.

— Chopin, ce n'est pas de la musique classique à proprement parler, l'ai-je corrigée en rougissant. C'est plutôt de la musique romantique.

Elle a souri et s'est excusée d'un signe de tête. J'ai eu envie d'autres questions.

— OK, j'aime la musique romantique, alors. Qu'est-ce que tu me conseillerais dans le genre ? Quelque chose qui aille bien avec le moment.

J'ai réfléchi un peu en regardant la plage. Des mélodies se sont croisées dans mes souvenirs et je me suis senti bien, à ma place ici tout autant que les autres.

— Peut-être le prélude de *Lohengrin*, de Wagner.

— Je vais écouter ça tout de suite.

Elle a sorti ses écouteurs et son téléphone et s'est mise à chercher sur YouTube. J'ai paniqué à l'idée qu'elle ne choisisse pas une bonne version, que ses écouteurs ne rendent pas bien le son, surtout ici, qu'elle soit déçue. J'ai voulu la dissuader mais je me suis retenu, pour ne pas gâcher l'instant. Elle a trouvé la musique et s'est isolée, allongée sur le dos, les mains contre les oreilles, les yeux fermés. J'étais seul. Luce écoutait le prélude de *Lohengrin* sur la plage de tous mes calvaires et désormais la plage de mes amours. Je n'y croyais pas. Le morceau durait environ neuf minutes, parfois plus, cela dépendait des chefs. L'écouterait-elle jusqu'au bout ? J'espérais qu'elle atteindrait au moins la mesure 46. Je savais qu'elle ne rouvrirait pas les yeux tout de suite, alors je l'ai regardée sans crainte, longtemps, et comme elle écoutait, j'ai suivi la musique en souvenir, se développer sur son visage et sur la plage. C'était comme une longue attente en suspens : nous tous, elle et moi et les autres, il semblait que nous n'étions qu'un seul grand corps allongé sur le sable, à attendre là, dans nos adolescences, que quelque chose advienne. Luce a-t-elle réagi à la mesure 46 ? J'ai entendu les cordes tressaillir, n'en plus pouvoir de se retenir, comme une aube impatiente. Des larmes chaudes ont voilé mes yeux. La joie a culminé – tout a glissé ensuite vers le calme, le silence. Luce s'est redressée. J'ai réentendu les vagues et les cris.

— C'est pas mal du tout. Merci.

— Merci à toi d'avoir pris le temps d'écouter.

— Pourquoi est-ce que tu as choisi cette musique-là ?

— Je ne sais pas… ça me paraissait évident.

— Quand tu parles de musique, tes yeux changent, on a l'impression que tout va mieux.

Je ne savais plus quoi lui dire. Quelque chose d'agréable me serrait au cœur et coupait les mots. Je la regardais, je la trouvais géniale – c'était le mot qui me venait : géniale. Mais je ne savais rien d'elle. J'avais répondu à ses questions et elle m'avait écouté. J'ai voulu lui en poser aussi, mais elle m'a devancé.

— Tu es malheureux, dans ce camping, Léonard.

— En ce moment je suis heureux.

— Alors on fait une photo.

Sans attendre elle a levé son téléphone et elle a pris un selfie, bras tendus pour nous cadrer ensemble. Elle me l'a montré et j'ai compris que je n'oublierais jamais nos visages, quoi qu'il arrive par la suite : Luce qui détourne les yeux, l'air pensif, et moi qui sourit timidement. Elle s'est allongée pour dormir.

— Luce ? En fait, mes parents ont décidé de rester un jour de plus. Je pars seulement demain matin.

— C'est cool. Dors un peu, maintenant. Et mets-toi à l'ombre.

J'ai essayé de dormir, comme elle me le demandait.

J'aurais voulu plus de musique. L'aube était passée depuis longtemps : le soleil avait traversé le ciel et dérivait déjà vers la mer, il tomberait derrière, en même temps que les désirs frustrés, les caresses retenues, les mots gardés pour soi. Les gens continuaient à rire et à courir. La mer montait. Il fallait s'empresser d'être heureux. Je me suis rappelé un livre que mes parents me lisaient quand j'étais enfant : *La Chèvre de monsieur Seguin*. Elle se battait pour repousser le loup pendant la nuit. Je connaissais l'histoire, je savais bien comment cela finissait mais j'espérais toujours : « De temps en temps la chèvre de monsieur Seguin regardait les étoiles danser dans le ciel clair et elle se disait : Oh ! pourvu que je tienne jusqu'à l'aube... » Je me souvenais de chaque mot et la tristesse revenait avec. Les yeux fermés, je ne sentais plus la lumière, je pouvais penser qu'il était une autre heure, que nous étions ailleurs et que rien n'était mort.

*

J'ai été réveillé par une sensation de dureté, au niveau du maillot. Quelque chose poussait contre le tissu. Je me suis retourné sur le ventre. Personne ne m'avait vu. Luce dormait encore. J'étais trempé de sueur et mon crâne me faisait mal. Je devais avoir attrapé une insolation. Coincé contre ma serviette, l'autre persistait. Je n'avais jamais été excité à la plage. Je ne comprenais pas. C'était douloureux, même. Mes yeux se sont posés sur Luce. Je n'ai pas regardé son visage, mais ses seins et la courbe de ses fesses sous le maillot. Je me suis senti plus stable et plus fort. J'ai glissé vers elle pour l'embrasser, la caresser du bout des doigts, parcouru de frissons d'une chaleur nouvelle qui n'était pas celle du soleil ni celle de l'angoisse, mais une autre encore, irrésistible.

— Léo.

— Luce...

J'ai continué, je suis descendu le long du ventre.

— Léo. On est à la plage.

— Alors on rentre...

— Non.

J'ai voulu arrêter mais je ne pouvais pas m'en empêcher. Luce s'est redressée soudain.

— Oh, qu'est-ce que tu fous ?

J'ai eu une sorte de mimique embarrassée. Elle s'est détournée.

Yann et Tom, les deux gars de la piscine, nous ont aperçus de loin et nous ont rejoints. J'ai pris les lunettes de Luce et je les ai mises pour me cacher un peu, au cas où les larmes viendraient. Ils m'ont checké. Yann s'est assis entre nous deux, et Tom de l'autre côté, près de moi.

— Putain de chaleur de sa mère la chienne. Ça va, mec ?

J'ai hoché la tête derrière mes lunettes noires. C'était pratique. J'ai voulu écouter ce que disait Luce, mais une serviette de distance suffisait pour ne plus rien entendre que les vagues, et Tom qui me soufflait son haleine de frites et de bière.

— Alors... T'es avec elle, ou pas ?

Il me l'a désignée. J'ai haussé les épaules. Je me sentais éloquent, sans prononcer un mot.

— Tu l'as serrée ?

— Oui.

— Tu l'as baisée ?

— Non.

— C'est galère avec elle. Yann, il galère pareil, regarde-le... Oscar, il a galéré aussi, tu sais. Hier il s'est fait rembarrer. Il était énervé... Je suis sûr qu'il a gerbé, ce con. Je crois qu'il est parti avec sa mère sans dire au revoir. Regarde le ciel... Y a un orage qui vient. Ça va exploser. Mec, tu m'entends ?

Un maître nageur hurlait. On évacuait les baigneurs, ça devenait dangereux. Je sentais Yann se rapprocher de Luce et mesurer chacun de ses mots pour lui plaire. À quoi bon, ai-je pensé. Essaie donc. De toute façon tout va exploser. L'orage coïncidera avec une vague immense qui emportera tout, la plage et le camping, et toutes les envies confondues des filles et des garçons. Un hélicoptère rouge rôdait au ras de l'eau. C'était ça, la SNSM. On cherchait entre les vagues, si le corps d'Oscar n'y flottait pas. On se trompait d'endroit. On regardait dans la mer, parce que la mer était évidemment violente et froide ; le sable, lui, était trop doux et trop chaud, Oscar ne pouvait pas y être. On se trompait d'ennemi, comme on se trompait sur les sourires et les rires, la joie propagée dans les allées. C'était partout le même grand malentendu. Peu de gens se suicidaient dans l'eau. L'hélicoptère s'en est allé au large et moi je suis resté là, au soleil, toujours si dur contre ma serviette.

*

Nous sommes rentrés tous les deux à son emplacement, sans parler. Je me suis assis à côté d'elle et j'ai baissé la tête.

— T'es con de t'être mis au soleil.

— Pardon.

— T'es bizarre, quand même. Je t'aime bien mais tu fais des choses bizarres.

— Pardon…

— Dis-le encore.

— Pardon.

— Je rigolais, j'ai compris.

Elle m'a laissé l'embrasser. Même froid, son baiser s'est répandu en frissons sur ma peau, m'a fait remuer le bassin malgré moi, ridicule, poussé à l'extase par un rien. Mon souffle s'est accéléré. Elle m'a embrassé plus fort, sa main est remontée sur ma cuisse. J'ai appuyé dessus. On transpirait. J'ai caressé ses seins. Son autre main serrait mon cou.

— Léo…

Je l'ai regardée et je ne l'ai pas reconnue.

— Mais Léo qu'est-ce que tu fous, putain !

Elle s'est écartée mais j'ai repris sa main. J'ai senti ma peau plus que la sienne – c'est cela qui arrive quand on touche quelqu'un qui ne veut pas.

Luce m'a frappé dans les côtes. Je suis resté plié de douleur, à ne pas savoir quoi faire. Puis je me suis redressé. Elle n'était plus la même, sa bouche était lourde, son front se plissait, je ne la trouvais plus belle.

— T'as vu tes yeux ?

— Tu joues avec moi, ai-je dit tout bas. Tu me fais croire qu'il y a quelque chose entre nous, mais il n'y a rien.

— Pauvre Léonard.

— Comme avec Oscar, ai-je ajouté dans un souffle.

Elle a eu un petit rire terrible, pire que le coup. J'ai failli dire Oscar est mort. *De toute façon*, Oscar est mort.

— Casse-toi.

J'ai obéi. Luce a disparu et tout le camping a pris sa place, la poussière, la fumée des barbecues, les cris, les boules de pétanque lourdes à défoncer des crânes, et toujours la musique : *I gotta feeling... That tonight's gonna be a good night... That tonight's gonna be a good, good, night...*

*

Il n'y avait plus qu'Oscar. Il cadavrait, comme une eau stagne, tout contre moi. Il me collait à la peau. Par moments je ne savais plus depuis combien de temps il était mort, depuis combien de jours je le traînais avec moi dans les allées. Et puis n'étais-je pas déjà coupable bien avant l'instant de sa mort ? N'avais-je pas pressenti dès l'enfance que tout m'emmenait vers cette histoire ? Rien n'était nouveau. Toutes les lignes convergeaient vers ce camping où Oscar était enterré depuis toujours. Les détours et les ruses pour l'oublier ne marchaient plus. Les trajets des campeurs étaient courts : aller chercher de l'eau, aller s'allonger dans un transat, aller prendre une bière dans la glacière... Il me fallait une longue route. Je tournais en rond. « J'ai tué Oscar », murmurais-je parfois, si bas que je n'avouais qu'à moi. Et je me disais : *Moi,* je suis là, je reste, je ne me lâche pas.

J'ai eu envie de me doucher. Je ne m'étais pas lavé depuis la veille au matin, j'étais sale. Trop de sueurs différentes se mêlaient sur ma peau. Près des sanitaires, je suis tombé sur mon frère, Adrien, qui embrassait une fille sous une fausse plante. Il s'est détaché d'elle, mal à l'aise.

— Salut Léo. Qu'est-ce que tu fais là ?

— Je me promène, ai-je répondu en désignant le chemin.

J'ai regardé la fille qui attendait derrière, gênée aussi. Elle devait avoir son âge, quinze ans. Plutôt jolie. Adrien a baissé la voix.

— Tu dis rien aux parents, s'il te plaît.

Je l'ai observé, mon frère, avec ses espadrilles quadrillées, son bronzage parfait et son petit bracelet bleu qu'il n'avait pas coupé, dont il n'avait pas honte. Il était bien, ici. Il se fondait dans le paysage. Il était en vacances, si loin de moi, étranger de frère trop heureux pour se poser la moindre question. Et il me regardait maintenant avec ses yeux de chiot suppliant comme s'il n'avait pas conscience de tous les pauvres et mourants du monde.

— Pourquoi ça poserait problème, que je le dise ?

Il a eu peur.

— Je sais pas... je préférerais que tu le dises pas.

— Tu crois que t'as pas le droit ?

— Mais arrête !

— Je dirai rien, t'inquiète.

Je me suis décalé pour mieux voir la fille. C'était donc elle qu'il embrassait, avec elle qu'il ferait l'amour, peut-être, si ce n'était pas déjà le cas… Les jeunes, ai-je pensé, le font de plus en plus tôt désormais. Comment s'étaient-ils rencontrés, qui avait osé en premier ? J'ai eu un peu envie d'elle. C'était à cause de ça, je le savais, que rien n'allait pour moi. C'était en l'absence d'une fille qui m'aime que je m'étais égaré, cette nuit-là, dans les allées…

— Pourquoi tu la dévisages comme ça ? Léo, t'es bizarre, là.

— Vous pouvez y aller, ai-je répondu, comme un gendarme, je l'ai senti : « Vous pouvez circuler. »

Adrien a hoché froidement la tête. Ils sont partis. Sa copine m'a jeté un regard d'abord timide, puis suspicieux, méprisant, même, comme s'il suffisait de changer d'angle pour que je ne sois plus une autorité mais un grand frère raté, attardé, plus grand d'une tête et plus petit sur tout le reste. Je n'ai pas bougé de sous la plante, satisfait, certain que les dégager d'ici les empêcherait de s'aimer ailleurs.

Les douches formaient un carré surélevé couvert d'un toit de style chinois. On y accédait directement depuis l'extérieur. Dans la queue, une fille s'est approchée de moi. J'ai mis du temps à la reconnaître : c'était Zoé, la Zoé de Louis. Elle tirait fébrilement sur sa cigarette. Un jour elle tirerait une latte si grosse qu'elle en mourrait. J'ai senti qu'elle s'intéressait à moi. C'était assez rare pour n'avoir aucun doute : je fixais un point près d'elle, ce qui me suffisait pour la voir, et je la voyais, en effet, jeter des coups d'œil furtifs, jamais sûre que je la regarde aussi. Elle n'en pouvait plus. Je n'étais pas le seul. Les gens ne pouvaient pas partir d'ici sans avoir rien fait, la bite dans la poche, comme disait Louis. Il fallait baiser au moins une fois, même tristement, rien qu'une fois pour rentabiliser les vacances, repartir tranquille, léger, débarrassé. Sous les portes des cabines, je devinais la position serrée des pieds de ceux qui se masturbaient. Tous les désirs frustrés échouaient ici, déchargés contre les cloisons dans un cri étouffé, mêlés à l'eau jusqu'aux égouts.

— Salut, t'es le pote de Louis, non ?

— Exact.

— Ça va ?

— Oui.

— T'as de la chance...

Elle attendait que je lui demande si elle allait bien elle aussi. Je l'ai laissée trépigner un peu, avec un petit plaisir méchant qui ne me ressemblait pas. Elle a fini par craquer :

— Moi ça va pas trop. Je suis plus avec Louis.

— Ah ? Désolé pour vous.

— T'inquiète. Et toi, t'es encore avec Luce ?

— Non.

Elle a secoué la tête d'un air grave. Une cabine s'est libérée.

— On y va ensemble ? a-t-elle dit très vite sans me regarder. Ça fait gagner du temps.

Je l'ai suivie à l'intérieur. Des gens dehors ont émis des petits sifflements. Je me suis placé sous l'eau froide et j'ai fermé les yeux. C'était agréable. J'ai senti Zoé s'approcher. Ses mains ont caressé mes bras. Sa cuisse s'est glissée entre les miennes. Ses seins se sont pressés contre mon torse. Elle m'a embrassé, cherchant tout de suite à ouvrir ma bouche et à y fourrer sa langue. J'ai eu l'impression de lécher un cendrier mais j'ai continué, j'étais excité. Un corps entier s'offrait à moi. Je pouvais le faire ici, vite, combler ce vide qui plombait ma vie, qu'on n'en parle plus. J'ai répondu à son étreinte. Nos mouvements brusques m'ont fait monter, je me suis senti déjà venir. Mais alors j'ai pensé à Luce et à Oscar, Luce et Oscar confondus, et nos gestes étaient si nombreux qu'il m'a semblé soudain que nous étions quatre ici à essayer de faire l'amour. J'ai ouvert les yeux. Zoé continuait. Elle me caressait avec hargne et plaquait mes mains contre elle. Elle s'acharnait. L'eau ruisselait sur son visage, on aurait dit qu'elle pleurait. Je me suis dégagé d'un coup.

— Je peux pas.

Elle n'y croyait pas. Elle a essayé de sourire.

— Tu veux que...

Je suis sorti de la cabine en me prenant la porte dans le nez. J'ai entendu Zoé m'insulter. Dehors, les gens m'ont regardé en ricanant comme des hyènes. Je les ai trouvés tous immondes, avec leurs serviettes de couleur autour de leurs corps flasques, maigres, musclés, tous bronzés jusqu'aux oreilles, heureux de se laver avant l'apéro, heureux d'être heureux et pourtant tous tristes et seuls dans la foule tout aussi seule de ce camping aux trois étoiles pourries – on lui enlèverait les trois d'un coup à la découverte du cadavre d'Oscar, j'aurais au moins servi à cela.

Je me suis enfui. Je saignais du nez. Jamais la tête en arrière ! disait toujours mon père, et je suis resté courbé en avant, le sang gouttant dans les allées. Une trace pour me retrouver. Ce qui faisait saigner du nez, c'était la chaleur, le stress, une constitution fragile, une porte dans la gueule ou tout cela à la fois. Une main m'a tendu un mouchoir, je l'ai fourré dans ma narine, laissant un interstice pour que le sang continue à couler. Je me vidais. J'étais toujours sale et je m'en fichais. Autrefois ç'avait été un vrai plaisir, un des seuls, de sortir tout frais de la douche et de me sécher parfaitement jusqu'aux pieds pour qu'aucun grain de sable ne vienne frotter contre mes tongs. Je m'en fichais à présent. J'avais perdu jusqu'à mes plus petites manies incurables.

Sur la grande place, on préparait le concert du soir. Des volontaires torse nu dressaient la scène. On avait sorti les trampolines pour le saut à l'élastique, les structures gonflables, les machines à sous et les jeux d'arcade. Ça soulevait la poussière. Les gens s'énervaient. Dix heures de torpeur sous le soleil demandaient à exploser comme approchait l'orage. La chaleur coulait maintenant dans les veines. Le ciel était excessivement bleu, électrique. On accordait une guitare. Le lapin rabattait les campeurs, comme du gibier, vers le bruit des machines, les enceintes qui crachaient la musique, les Coca, les frites, les barbes à papa collantes et tout ce qui me faisait vomir – et pourtant j'étais là, moi aussi : je traversais la place. On devait me croire déjà saoul, avec mon mouchoir dans le nez, mes yeux écarquillés... *She's nothing like a girl you've ever seen before... Nothing you can compare to you neighborhood whore... I'm trying to find the words to describe this girl without being disrespectful...* Une voiture de la gendarmerie était garée près de l'accueil. On y était. C'était une enquête désormais. L'hélicoptère au-dessus de la mer ne suffisait plus. Il fallait vérifier si Oscar n'était pas mort sur la terre ferme, étranglé, traîné, plié, enterré dans le sable. On me retrouverait. C'était un fait divers. Les journaux attendaient d'être imprimés. On afficherait mon visage sur les panneaux racoleurs du kiosque du camping et ailleurs. On demanderait à mes parents effondrés s'ils se sentaient capables de continuer à vivre après cela. On taperait mon nom sur Google et l'on tomberait cent fois sur la même photo, chargée d'une horreur absente de mes yeux ; on remonterait jusqu'aux photos de maternelle, pour m'y entourer en rouge et dire : « C'était lui, là... » On oublierait le reste. On oublierait ces heures interminables et mon amour. On m'écrirait peut-être une petite page Wikipédia, spécifiant vaguement ma naissance pour sauter de suite au crime, ellipsant seize années, convergeant tout entière vers la mort d'Oscar, le procès, la prison.

J'ai cherché des yeux le gendarme à côté de la voiture. Je voulais lui parler, tout lui avouer enfin, qu'on en finisse. Il n'y avait personne. Alors mon regard s'est posé sur Yann, près des machines à sous. Il était serein, lui, sans problème, avec son gobelet de bière et sa bande de potes, et son sourire qui ne partait jamais. Je me suis dirigé vers eux.

— Eh. J'ai besoin du numéro de Luce.

— Salut, toi.

Ils ricanaient. Ils se moquaient de ma tête.

— Pour quoi faire ? a demandé Yann.

— Pour lui écrire.

— Tu peux pas lui parler direct, plutôt ?

— Je ne sais pas où elle est.

— T'as qu'à la trouver.

— Donne-moi son numéro, s'il te plaît.

Je me laissais aller, je m'entendais parler, me balançant d'un pied sur l'autre, un goût de sang dans la bouche.

— Qu'est-ce que tu veux lui dire ? a insisté Yann.

Il regardait les autres en mâchant un chewing-gum imaginaire. Comment pouvait-on être aussi prévisible, ai-je pensé, aussi ridicule ? La majorité de ceux de notre âge se fédéraient autour de gens comme Yann. Un détail dans leur regard ou le timbre de leur voix leur valait naturellement de mener les troupes. Ils irradiaient quelque chose de chaud, d'incandescent tout en surface qui suffisait à éclairer les yeux des autres, bien qu'à l'intérieur tout soit vide et froid, sans aucune musique.

— Tu réponds quand je te parle ?

— Je t'ai demandé son numéro.

— Elle se fout de ta gueule, Luce, t'espères quoi, tu veux te faire dépuceler, c'est ça ?

— Ooooooh ! ont crié les autres.

— Non, je l'aime, ai-je dit avec un petit sourire.

Ça les a perturbés. Je passais un bon moment. Je voulais que tout cela dégénère.

— T'es complètement paumé, rentre chez toi.

— Quoi, vous ne croyez pas qu'elle m'aime ? Mais elle aime qui, alors ? Yann ? Non... Oscar, peut-être ?

Yann a avancé d'un pas et s'est collé contre moi. Un murmure de jubilation s'est répandu parmi les autres et ils se sont massés autour de nous. Louis a surgi de nulle part en trébuchant. Il a tiré Yann par le bras.

— Lâche-le !

— Casse-toi, pédé.

Il a persisté en tremblant et en me regardant sans me reconnaître, car je lui souriais comme aux autres. Yann l'a jeté au sol. « BASTON ! » a crié quelqu'un derrière moi. Je me suis rué sur Yann. Certains ont tenté de m'en empêcher, mais d'autres m'ont défendu. Les coups retenus, les coups reçus, les coups rêvés et tous ceux que j'avais vus donnés injustement : tout cela est tombé sur lui. Si je ne m'étais jamais battu auparavant, c'était par peur de me faire mal, d'abîmer mes poings. Mais passé cela, la victoire s'offrait au plus fou, à celui qui voulait vraiment blesser, mutiler. J'ai frappé Yann, et dans ses yeux j'ai revu ceux d'Oscar ; je l'ai frappé plus fort et les souvenirs sont revenus, je me suis revu regarder Oscar et j'ai frappé encore. Des bras m'ont agrippé et poussé plus loin. Le lapin et d'autres gens du staff sont intervenus. On nous a dispersés. Yann restait au sol, en sang. Mon visage ne saignait pas. Le sang était sur mes mains.

— Va te faire soigner, espèce de taré.

Le lapin a emmené Yann à l'infirmerie. Je suis parti. Personne n'a osé m'approcher, même pas Louis. Je me suis engagé dans une allée, une de celles-là que j'avais parcourues des dizaines de fois aujourd'hui. Je n'en pouvais plus. Comme des haies, les gens me regardaient passer. Certains m'insultaient, ils voulaient m'étriper, me manger ; ils savaient, peut-être : ils devinaient que Yann n'était rien, que les quelques coups dans sa gueule n'étaient rien comparés à Oscar, mort, par ma faute. De partout l'étau se resserrait. On ne venait pourtant pas m'arrêter. Les gendarmes fouillaient ailleurs. J'étais libre encore et même la nuit tardait à venir, comme un couteau pressé doucement sur ma gorge.

*

Une petite tente, c'était calme. En fin de journée, c'était supportable. Les ombres et les bruits glissaient sur la toile. Les gens passaient sans rien deviner. J'essayais de respirer lentement. Des visions de caresses et de sable se mêlaient dans mon esprit. Je ne pouvais plus les chasser. Les vagues continuaient dehors, je les entendais au loin. Ça ne s'arrêtait pas. Le lapin rose gambaderait aussi demain et les jours suivants. Après août, août reviendrait. Comme toutes ces nuits d'insomnie, dans la moiteur et les moustiques, ma main s'est glissée sous mon maillot. Un peu d'endorphine pour dormir dans la foulée. Se caresser sans désir et sans plaisir, plusieurs fois, jusqu'à l'épuisement. Je n'y arrivais même plus. Tout était mou. On chantait derrière la toile. On s'amusait. C'était un long cortège carillonnant autour de ma tente. Quelle est donc la différence, ai-je pensé, avec toutes ces fois où j'étais là, caché, à attendre aussi que les gens passent ? Qu'est-ce qui a changé depuis ? J'ai un peu vieilli. J'ai embrassé une fille, je l'ai perdue. Oscar est mort. Oscar est mort parce qu'il a voulu mourir, parce qu'il était triste et qu'il a eu l'idée de s'enrouler les cordes autour du cou pour que quelque chose advienne. Oscar est mort à cause de ceux qui ne l'ont pas compris. Oscar est mort à cause de moi qui n'ai pas bougé, et je n'ai pas bougé car à cet instant je ne pouvais pas, je préférais mourir, comme lui, et nous nous sommes regardés mourir l'un l'autre, pendant que les autres dansaient.

*

— Léo… Léo…

Une main s'est posée sur ma tente et l'a entrouverte. Le visage de Louis est apparu, la lèvre fendue par le coup de Yann. Il tenait Bulle par la laisse.

— Je te ramène ton chien… Il était planqué sous un buisson… Je l'attache à un pin, d'accord ?

D'accord. Il était calme, il ne me brusquait pas. Le soleil avait baissé encore, c'était bien. Louis a attaché Bulle et il est revenu vers moi.

— Je peux entrer ?

Il s'est assis dans ma tente, en tailleur. Cet espace n'était pas fait pour deux, ou alors allongés l'un contre l'autre.

— Il était près des structures gonflables. Il y a de l'air frais qui sort de derrière. Ils aiment ça, les chiens.

J'ai souri pour dire merci. Ça tirait sur la peau.

— Ça va, Léo ?

— Très bien.

— Merci de m'avoir défendu… quand j'ai essayé de te défendre… tout à l'heure.

Il regardait mon corps. Il n'osait pas me dire que j'étais rouge et sale.

— Après la baston, j'ai vu Luce sur la place. J'ai parlé avec elle. Elle m'a raconté ce qui s'était passé entre vous, ce que t'avais fait... Bref. Je juge rien, moi. J'ai juste vu qu'elle t'aimait bien et qu'elle trouvait ça dommage. Je pense que tu devrais aller la voir, pour t'excuser, peut-être que ça peut marcher.

— Je m'en fiche.

— Pas elle.

— Arrête de m'en parler.

— Je sais que tu l'aimes vraiment.

J'ai remué la tête. C'est venu soudain, sans prévenir.

— Pleure pas, mon pote.

J'ai pleuré. Ça faisait longtemps. Ça traçait des sillons dans la poussière. Louis m'a pris dans ses bras. J'ai continué à pleurer contre lui. Ses mains se sont posées sur mes épaules. Elles sont descendues le long de mes bras. Elles ont pris les miennes, du bout des doigts. Sa tête s'est penchée contre mon cou. Il m'a embrassé là en tremblant. Je n'ai pas compris. Je n'avais jamais compris d'ailleurs, jamais vu, ces derniers jours, les regards de Louis. Le soleil m'avait abruti, laissé seulement la peau pour sentir. Qu'avait-il fait de sa journée ? Il m'embrassait encore pour ne pas avoir à me regarder. Je ne l'en empêchais pas, je ne sentais que deux lèvres humides, et toute la tristesse et la solitude qui remuaient dans ce camping en dessous du bruit des rires et des vagues. J'ai retiré mes mains, doucement. Il n'a pas bougé, suspendu, le visage contre mon cou. Enfin il s'est redressé. Il avait les yeux rouges, lui aussi. Il souriait pour ne pas pleurer.

— Pardon.

— J'ai besoin de dormir.

— Je te laisse.

Il est parti. Son ombre est passée de l'autre côté de la toile. Là, j'ai voulu tout lui avouer d'un coup. Il est revenu.

— Léo, le dis pas, s'il te plaît.

Promis, ai-je pensé alors, ou bien l'ai-je dit tout bas. Promis, je ne dirai rien ni de toi ni d'Oscar, ni rien d'autre que les phrases les plus usuelles quand on me demandera si je vais bien. J'ai dégluti, ravalé l'aveu comme une glaire. Il m'a fait un signe de la main qui ressemblait à un adieu. Il ne s'en allait pourtant pas loin. On ne quittait pas le camping comme ça. Il restait une nuit. Les vacances nous presseraient entre leurs mains jusqu'au bout.

Je me suis allongé et je me suis endormi.

*

Mes parents m'ont réveillé. Ils sortaient d'un apéro-loto formidable, ils avaient gagné un ticket pour revenir au camping au mois d'octobre. Ils m'ont trouvé amorphe. La température était si agréable, une fois le soleil calmé. Pourquoi n'étais-je pas dehors avec les autres ? Pour me remonter le moral, ils m'ont proposé d'aller dîner dans le meilleur restaurant de Dax. On serait de retour pas trop tard, j'aurais le temps de profiter de ma dernière soirée avec mes amis, ma copine peut-être...

— Arrête.

*

On reconnaît les campeurs quand ils sortent en ville. Ils regardent autour d'eux comme s'ils redécouvraient tout. Ils sèment du sable sur la route. Ils ne font pas attention aux feux quand ils traversent les rues, et parfois ils manquent de mourir, parce qu'ils arrivent d'un autre monde, ils ont oublié le reste.

Le soleil se couchait. Moi aussi, j'avais oublié. Tout ce jour, il n'y avait eu que le camping coincé entre la route et la mer. Je retrouvais les immeubles, les bus, les lumières électriques et le bruit confus des passants. De pas en pas j'élargissais ma solitude. Il n'y avait pas qu'au camping qu'on ne savait pas. Partout, on ne savait pas. J'avais négligé les rues et les autres pays, ce monde qui continuait à tourner pendant que j'avais enterré. Sous le sable, Oscar en était le centre. Je pouvais m'en éloigner. Quand l'horizon s'ouvrait, j'apercevais d'autres villes au loin et les routes nationales. C'étaient des lignes de fuite. On avait pris la voiture pour venir ici, on pouvait la reprendre pour s'en aller. Ma famille et Bulle marchaient tranquillement avec moi, j'aurais pu me plaindre soudain et me rouler en boule, hurler comme un enfant jusqu'à ce que l'on annule cette dernière nuit et que l'on rentre chez nous. En forçant, c'était possible. Mais j'avais faim. Je n'avais presque rien mangé depuis la veille. Je voulais un steak et des frites et la salade qu'on ne touche pas. Un petit plaisir au moins. Après, pensais-je, on verra.

*

Mes parents finissaient leur dessert. Je somnolais au fond de mon siège. J'avais beaucoup mangé et beaucoup bu, du vin, pour me sentir bien. Ils aimaient que je boive du vin. Je regardais mon téléphone et il n'y avait rien. On ne savait pas que j'étais parti à Dax, on ne se demandait pas où j'étais. Luce m'avait oublié.

— Tu n'es pas très bavard, Léonard.

— Je peux aller voir l'aquarium des poissons ? a demandé Alma.

— Oui, mais tu ne vas pas plus loin.

Elle est partie.

— Tu pourrais faire un effort, Léonard, nous aussi c'est notre dernier soir.

— Je vais téléphoner dehors, a dit Adrien.

Il est parti aussi et je me suis retrouvé seul avec eux et leurs quatre yeux posés sur moi. Ma mère m'a souri et a pris une inspiration.

— On comprend que tu aies un peu la tête ailleurs... On espère juste que tout va bien, sur tous les plans.

— Sur le plan sentimental aussi, a complété mon père.

Elle l'a regardé de travers. J'ai repensé à toutes ces fois où ils m'avaient demandé comment vont les amours. Laissez-nous tranquilles avec ça. Les amours ne vont pas bien. On en parlerait sinon.

— En tout cas, a continué mon père, qui était un peu ivre aussi, ce qui lui donnait toujours envie de parler franchement, en tout cas, si on est trop présents, il faut nous le dire… Si, par exemple, tu aimerais bien, euh…

— Ramener quelqu'un dans ma tente ? ai-je dit soudain.

Ma mère a ri nerveusement, mon père a haussé les épaules en souriant.

— Par exemple, oui.

— Mais pour faire quoi ?

Ils étaient gênés. Je leur donnais enfin ce qu'ils voulaient et ils étaient gênés, ils se mettaient à transpirer comme au soleil.

— Pour coucher avec une fille ?

Ma mère a détourné brusquement la tête, mais mon père, lui, n'a rien lâché, il a rigolé, gaillard, à la bonne franquette, entre hommes…

— Hé hé, par exemple, oui, enfin, ça c'est toi qui vois, Léo…

— Non, ça ne m'intéresse pas.

Ma mère a inspiré encore. J'ai senti venir la chose.

— Écoute… quelle que soit ton… ton « orientation », on ne juge rien. Jamais.

— Vous êtes cons, ça n'a rien à voir.

— Mais qu'est-ce qui te prend ??

— J'ai pas envie tout court, un gars, une fille, je m'en fous.

Ils ne comprenaient pas. Ça me faisait du bien. Je voulais qu'ils se sentent mal, eux aussi, et puis qu'ils arrêtent de me parler de sexe en rougissant. J'ai fini leur vin. Mon père m'a pris par le bras.

— Léonard, qu'est-ce qui se passe ?

— Lâche-moi.

Je l'ai repoussé.

— Mais on veut juste t'aider, nous !

— Non, vous voulez juste que je ramène une fille, vous ne pensez qu'à ça.

Il y a eu un silence. Les clients nous observaient. Mon père s'est levé lentement et il est allé payer. Alma ne comprenait pas. Elle me fixait depuis l'autre bout du restaurant, les sourcils froncés, une main posée contre l'aquarium. Ma mère se concentrait pour ne pas pleurer. Et puis elle m'a regardé avec insistance, comme pour me demander de tout dire, maintenant, tout dire une fois pour toutes tant que nous étions seuls. Elle a pris mes mains et elle les a serrées fort. J'étais au bord des larmes, moi aussi. C'était trop en un jour. J'ai failli parler, et puis non, merde, c'est resté là. C'était impossible, voilà.

Dehors, il faisait noir. Adrien téléphonait près d'un lampadaire. Il était déjà tard. Mon téléphone a vibré, mon cœur s'est soulevé. C'était un message, le premier de la journée : *Louis m'a donné ton numéro. Viens sur la plage, il y a une soirée. Luce.*

*

Nous sommes rentrés au camping, glissant sur ces longues routes des Landes sans repères, bordées de pins sinistres. Personne n'osait parler. Bulle haletait près de moi. Alma tenait ma main. Je sentais le regard froid d'Adrien. Je fixais les voyants lumineux et j'écoutais la voix chaude de la radio. Un journaliste parlait de la canicule : un événement climatique d'une ampleur exceptionnelle, jamais connu en Europe depuis 2003. En France, beaucoup de gens étaient morts. Le gouvernement était en vacances. Les leçons du passé n'avaient pas été retenues. Le lien social était rompu. Une crise politique se profilait. Mon père a coupé la radio. Que savions-nous des dégâts ? Depuis deux semaines nous vivions sans télévision et sans Internet, n'utilisant nos téléphones que pour voir l'heure à la plage – sauf Adrien, lui savait, peut-être, combien de personnes étaient mortes, mais il n'en disait rien. Nous étions coupés du monde. Dehors, c'était la crise. Oscar n'était pas le seul. La chaleur avait rasé le pays. Quand le silence a trop pesé, ma mère a rallumé la radio. Des journalistes débattaient encore du lien social, et puis ça a été la météo : « Les orages annoncés épargneront le Sud-Ouest et remonteront vers le nord. En revanche, sur le littoral, le vent d'ouest atteindra les 80 kilomètres/heure dans la nuit, entraînant une forte houle. Les coefficients de marée sont importants. Prudence en mer et sur la côte. »

Le concert battait son plein sur la grande place. Le groupe de rock du camping reprenait *Jump* de Van Halen. Ça ne sonnait pas très bien. Ils n'avaient pas de synthétiseur pour plaquer les gros accords de l'introduction, alors ils les jouaient à la trompette. Je les entendais depuis la voiture tandis que nous longions la place. Il y avait là des parents, des enfants, et puis quelques ados isolés : les paumés du camping, ceux qui préféraient le Coca à la bière, la douceur d'une kermesse à l'autre fête sur la plage ; paumés, boiteux, oppressés, résignés, trop moches pour oser, homos refoulés, gros gars, grosses filles, étrangers, trop jeunes encore, trop vieux déjà, tous fondus parmi les parents et les enfants pour ne pas souffrir, tous ici joyeux et pourtant tous perdants, baisés, laissés sur le bas-côté de nos adolescences.

Notre voiture s'est éloignée. Mon téléphone a vibré plusieurs fois. Luce m'appelait, et je ne répondais pas. Je voulais qu'elle me croie mort.

Nous nous sommes garés sur l'emplacement. La guirlande lumineuse était pathétique. Mes parents ont voulu me parler encore, comprendre ce qui clochait chez leur fils, mais je suis parti.

J'ai couru vers la dune. Peu à peu l'électro de la plage a recouvert la musique du camping. Les basses ont pressé mes pas. Les allées étaient désertes, les couleurs avaient disparu. Les tentes et les bungalows se confondaient en ombres, c'était la même nuit que la veille. Bientôt vingt-quatre heures qu'Oscar était mort. La même nuit, avec le vent en plus et l'impression d'un long voyage. Je me suis dit soudain que le corps était mal caché. Grossièrement caché comme un enfant derrière un rideau. Un peu de vent suffirait à révéler le tissu, la peau et le cou étranglé. J'y pensais maintenant. J'y pensais maintenant parce que jusque-là, peut-être, je l'avais voulu, qu'il soit mal caché, pour qu'on le trouve sans que j'aie à aider. Mais il fallait l'enfouir mieux. Si profondément que ne puissent le découvrir que les fouilles des siècles à venir, et ce ne seraient plus là que des os, un vieux souvenir, et je serais mort et ce camping rasé. Une grosse pelle de plage était posée contre un bungalow. Je l'ai attrapée au passage, comme un javelot. Quelque chose dans la musique m'emportait vers la dune avec frayeur et jubilation, les deux mêlées sur mon visage, alternées, peut-être, au rythme des lampadaires qui jetaient leur lumière aux carrefours des allées. J'ai remonté la dune. Le sable était tiède. Mes chaussures de ville s'y enfonçaient. Tout en haut, l'horizon s'est ouvert par petits points lumineux : un feu, des téléphones allumés, l'écume des vagues sous la lune. Aucun orage, mais un vent chaud et une houle énorme grandissant vers le large. La mer était haute. La fête se tenait sur ce qui restait de plage. Des silhouettes éparses buvaient et dansaient.

Le lapin, éclats roses dans le noir, portait l'enceinte qui envoyait les basses en vagues sourdes jusqu'à mes oreilles. L'électro soulevait ma poitrine, me pétrifiait d'angoisse. C'était une musique de mort, la musique des drames, et qui me rappelait aussi ces acteurs porno qui pilonnent des filles sans s'arrêter, les yeux révulsés, les veines saillantes près de claquer. Un instant j'ai voulu leur hurler dessus, à tous en bas, leur faire comprendre qu'ils écoutaient une musique atroce, et puis qu'Oscar était mort. Je n'ai pas osé descendre. J'ai voulu fuir. Mais pense à Oscar, me suis-je répété. Reste concentré sur Oscar, n'écoute pas la musique. Enterre Oscar si profond que tu l'oublieras. Déplace son corps simplement, comme si tu entreprenais des travaux chez toi, le dimanche. Et c'est déjà dimanche, peut-être. Minuit est passé. Il reste peu de temps.

J'ai parcouru la dune, tête en l'air, à la recherche du drapeau de baignade, mon repère. Je ne l'ai pas trouvé. On avait dû le retirer pour que le vent ne l'arrache pas. Je ne savais plus où étaient les choses. Partout ce n'était que du sable. J'ai allumé la lampe de mon téléphone et j'ai scruté le sol. Je me suis mis à quatre pattes et j'ai fouillé partout. J'ai entendu des cris sur la plage.

Il se passait quelque chose. J'ai continué à gratter comme un chien, comme la veille, tout pareil mais tout à l'envers, Oscar était de l'autre côté de la terre. Quelqu'un a gémi. Le voilà, ai-je pensé. Quelques mètres plus bas, une silhouette rampait. Je me suis approché d'elle en tremblant, pelle à la main comme une arme. Ce n'était pas Oscar, c'était un ado défoncé qui se traînait sur le ventre comme si ses jambes étaient coupées. Il a ri en me voyant.

— Tsunami... Attention...

Une toute petite vague est parvenue jusqu'à nous. L'autre a bu la tasse en riant davantage, manquant de s'étouffer. La houle au large était si forte à présent que la mer débordait sur la dune. J'ai lâché la pelle et je me suis dirigé vers les lumières. Où était Oscar ? Il y a eu une deuxième vague et l'eau a atteint mes mollets. Je me suis retrouvé dans la foule, parmi les rires et les cris, le vent, les basses et le bruit de l'eau qui montait pour tout inonder. Les gens dansaient toujours. On maintenait l'enceinte bien haut. Ça excitait. Certains tombaient et reparaissaient plus loin, hilares. C'était dangereux. Les courants de baïnes. Quelqu'un pouvait mourir. Où était Luce ? Je ne cherchais plus Oscar. La mer viendrait jusqu'à lui, le découvrirait et l'emmènerait ailleurs. Je tanguais parmi les danseurs. Je dansais, moi aussi, pour éviter les vagues. Je dansais enfin, sans honte et sans peur. Une main m'a tendu un verre, je l'ai bu, l'alcool m'a réchauffé. J'ai bu encore. Le lapin m'a reconnu.

— Ah mais c'est toi ! C'est toi qui m'as poussé tout à l'heure ! Et c'est toi qui t'es battu sur la place ! Mais ça va pas la tête, petit con !

Il a levé la patte pour me frapper, mais il m'a finalement serré contre lui, doucement, et s'est penché à mon oreille :

— Tout est pardonné... Ici tout n'est qu'amour...

Je suis resté collé à sa fourrure pleine d'alcool et d'autres choses immondes. Soudain il s'est mis à rire et il m'a fait tomber. Il s'est fondu au milieu de la foule dans un tourbillon de lumières et de cris. J'ai failli crier aussi, peut-être que je l'ai fait. Des phares se sont braqués sur la fête.

— La mer va bientôt envahir toute la plage, revenez vers le camping.

On nous appelait depuis la dune.

— Ne cherchez pas vos affaires, revenez vers le camping.

Les gens ont commencé à remonter. On m'a bousculé, je suis resté à terre. Des bouteilles et des affaires flottaient partout. Oscar flottait peut-être aussi. La musique et les lumières se sont éloignées. Je suis resté seul. L'eau m'a recouvert. Le ressac m'a emporté et j'ai dérivé, lentement, dans le froid, vers le large. Je ne respirais plus. Par instants seulement j'apercevais des morceaux de ciel. L'eau rentrait par ma bouche et par mon nez. Je faisais la planche… Je repensais aux vagues qui m'avaient renversé d'autres jours, à mes bouillons, comme disait mon père, et à ces quelques secondes où, toujours, je perdais mes repères, laissais la mer me secouer en attendant avec confiance de revenir à la surface. Je la laissais faire encore. Je n'attendais rien. Quelque chose s'en allait.

— Qu'est-ce que tu fous ?!

Une main m'a attrapé. Luce m'a remis debout et emmené de force avec elle.

— T'es sérieux à te baigner maintenant ! T'étais où ? Je t'ai appelé plein de fois !

Elle m'a traîné par le bras jusqu'à la dune ; non pas vers les autres, mais sur le côté, vers la cabane de surfeurs montée sur pilotis. Une vague lui a enlevé son paréo, elle a continué en maillot. Elle

123

a monté les marches, tâtonné sur le toit, trouvé la clef, nous sommes entrés et elle a refermé la porte.

Un peu de lumière et de vent s'immisçait entre les lattes de bois. Ça sentait le sable et les serviettes humides. Dehors, l'eau continuait à monter, elle caressait les pilotis. C'était une petite cabane, comme un bateau dans la nuit. J'entendais le souffle de Luce, toute proche. Elle sentait l'alcool. J'avais bu moi aussi. Elle s'est approchée. Je suis resté collé contre le mur et j'ai attendu qu'elle fasse quelque chose.

— Le camping va être inondé. C'est déjà arrivé, il y a trois ans. Ça avait tout détruit, c'était horrible. Il y avait eu un orage, aussi, avec des grêlons énormes qui avaient cassé des voitures et blessé des gens, mais moi j'étais contente. Ça changeait un peu. J'en peux plus de ce camping. C'est toujours pareil. Je connais tout par cœur. J'aime pas les campeurs. Ils ont tous la même tête que ces Landes de merde.

Elle s'est rapprochée encore.

— J'ai perdu mon paréo... Pourquoi tu m'as parlé d'Oscar, tout à l'heure ? Je m'en fiche, d'Oscar... C'est lui qui est devenu fou hier.

Elle mélangeait tout. Sa main touchait la mienne et tout se mélangeait aussi pour moi, l'alcool, la cabane encerclée, les affaires et les corps qui flottaient dehors, Luce, triste et saoule et si rassurante au milieu des décombres. Je ne la connaissais pas. J'avais passé avec elle une longue journée mais je ne la connaissais pas, sinon sa voix, sa peau blanche et ses lèvres sèches. Elle m'a embrassé. Ça s'est fait là. Rien n'a été violent. Comme de la musique un peu fatiguée. La sensation n'a pas été très dépaysante, plutôt conforme à ce que j'avais imaginé. Ça n'a pas été non plus une libération, j'ai joui puis le monde est resté le même, Oscar et les vagues ont continué dehors. Mais une chose agréable s'est diffusée dans mon corps, et je crois aussi dans le sien. Elle m'a pris dans ses bras. J'ai pensé que j'étais amoureux d'elle et que c'était la meilleure chose qui me soit arrivée depuis longtemps. Elle s'est endormie.

Je me suis réveillé. Il n'y avait plus de vent ni de vagues. Allongé sur un amas de serviettes, j'avais dormi contre Luce. Son bras était glissé sous ma nuque et nos têtes se touchaient. Délicatement, je me suis détaché d'elle et j'ai quitté la cabane. Tout était calme dehors. Le ciel était déjà teinté de rose. La mer s'était retirée, mais dans la nuit l'eau avait franchi la dune pour couler jusqu'au camping. Sur son passage elle avait modifié la plage. Je ne la reconnaissais plus. Les bosses et les creux avaient changé de place. Toute une partie de la dune s'était effondrée. J'ai fait quelques pas sur le sable trempé, couvert des débris de la fête. Dès l'aube ils seraient balayés. Je devais retrouver Oscar avant. Mais j'ai eu froid. L'hiver viendrait jusqu'ici. Tout ça pour ça. Je suis allé retrouver Luce et je me suis blotti contre elle. Il restait quelques heures de sommeil.

*

Le matin se glissait par les lattes. Luce prenait de la place en dormant. Elle transpirait. Sa bouche entrouverte soufflait une haleine forte. Elle remuait, elle m'acculait au bord des serviettes comme au bord d'un lit. Elle me malmenait et je la laissais faire avec patience. J'aurais pu me maintenir des heures dans cette position, les os douloureux mais le sourire aux lèvres, le baume au cœur, tant qu'elle se trouvait bien. Parfois je voulais embrasser son épaule, mais je n'osais pas la déranger. Je la regardais et j'attendais qu'elle se réveille. Je rêvais, les yeux ouverts... J'ai rencontré Luce et nous allons rester ensemble. Les mauvaises années sont derrière. Le pire est juste derrière. Oscar a été emmené par la mer. Il dérive maintenant loin de nous, vers l'Amérique. Un jour il cessera de flotter et coulera au fond, ce sera tout. Nous habiterons quelque part. Je rattraperai les choses d'année en année, j'en donnerai autant que j'en ai gâché ce mois d'août. Je paierai ma dette en silence. Personne ne viendra nous chercher ni nous obliger à quoi que ce soit. Nous aurons une arme pour tirer sur les lapins roses.

Elle s'est réveillée. Elle s'est redressée, étirée, impatiente déjà.

— Ça va, Léo ? T'as bien dormi ?

— Très bien.

J'ai voulu l'embrasser mais elle s'est mise à bâiller. Elle a pris son téléphone.

— Il est déjà neuf heures !

— Ah. Qu'est-ce que tu veux qu'on fasse, Luce ?

— Tes parents vont partir à dix heures, je pense, comme tout le monde. Faut que tu te dépêches.

Je me suis senti moins bien. Notre préservatif, celui que m'avait donné Louis, gisait sur le sol. J'avais hésité à le jeter pendant que Luce dormait, et puis je l'avais laissé là. J'avais pensé que nous le regarderions en riant, complices, que nous referions l'amour, peut-être, et que nous marcherions ensuite main dans la main jusqu'à la grande place, pour prendre un brunch, fatigués de notre nuit. Mais elle ne quittait pas son téléphone des yeux et répondait à ses messages en souriant.

Elle m'a embrassé sur la joue et tout est redevenu formidable. Je l'ai embrassée plus fort, comme un grand merci.

— Appelle tes parents, m'a-t-elle conseillé.

— J'ai perdu mon téléphone dans l'eau.

— Merde.

— C'est pas grave. Il y a pire.

— Prends le mien.

Elle me l'a donné et s'est rallongée. Elle ne cherchait pas du tout à me plaire, c'était évident. Son cou se pliait et lui faisait un double menton.

— Je vais me barrer aujourd'hui aussi. Je crois que je reviendrai jamais dans ce camping. À la rentrée je vais en fac de droit, à Bordeaux. J'essaierai de passer mes étés là-bas.

Combien y avait-il de kilomètres entre Bordeaux et Lorient ? Sans doute peu, comparé à la distance entre d'autres villes ou d'autres pays. J'ai ouvert Google pour vérifier, en masquant l'écran avec ma main pour le protéger du soleil, bien qu'il n'y en ait pas ; j'avais eu ce même tic chaque fois que j'avais fait semblant d'envoyer des messages sur la plage, la nuit, pour ne pas danser. Personne ne s'en était rendu compte.

— Alors, tu les appelles ou quoi ?

— Oui, oui…

Un instant, j'ai imaginé mon téléphone dans les abysses avec tous les appels manqués de ma mère. Puis j'ai regardé Luce et je n'ai pas pu me retenir davantage.

— Et *après* ? ai-je demandé, la regardant droit dans les yeux comme je ne l'avais jamais fait.

— Quoi, après ?

— Après… on va se revoir ?

Elle a eu l'air surprise.

— On habite loin.

— 516 kilomètres.

Elle a souri et m'a jeté un regard gentil, rien que gentil, qui m'a serré le cœur.

— Je vais t'ajouter sur Facebook. Léonard comment ?

— Je n'ai pas Facebook.

— Alors inscris-toi.

J'ai hoché la tête plusieurs fois.

— Je suis désolée... Les vacances, c'est pas pareil que le reste de l'année, tu comprends ?

— Je comprends.

— Mais je t'aime bien, Léo.

— Moi aussi je t'aime bien, Luce.

Elle m'a embrassé sur la joue et m'a pris dans ses bras. J'ai pleuré un peu et puis c'est passé.

*

« Les parents de la petite fille qui se baigne dans la flaque en face des barbecues sont priés de venir la récupérer... »

Il faisait gris, presque froid. Tout était triste et lent ce dimanche. Le sol était détrempé, boueux, couvert de flaques et de petits ruisseaux. Les campeurs creusaient des rigoles, étendaient leurs affaires sous le soleil disparu. C'était une défaite générale. Les tubes de crème solaire et les matelas gonflables gisaient. Tout gisait dans la grisaille.

Seuls les enfants continuaient à faire du vélo en criant, parce qu'ils étaient en vacances, et c'était encore plus triste. Ça sentait l'automne et la gueule de bois. Je voulais partir. Oscar me collait toujours à la peau, humide, moite, algueux, pourrissant quelque part et dégoûtant. Je ne me souvenais plus de ses yeux.

Luce m'a accompagné jusqu'à mon emplacement. Nous avons marché en silence. Bulle est soudain passé devant nous en courant, avec son air de fuyard satisfait. Mon père courait derrière lui.

— Viens là, salopard !

Il a réussi à saisir sa laisse, mais il s'est étalé dans une flaque. Il s'est relevé, il a toisé Bulle, puis il nous a vus. J'ai senti que Luce tenait ma main, parce qu'elle l'a lâchée à cet instant.

— Bonjour, a dit mon père.
— Bonjour, a-t-elle répondu.

Il a rougi. Le sang a rempli sa tête jusqu'au bout des oreilles. Il a lâché la laisse de Bulle, qui a voulu s'enfuir encore, mais ma mère est arrivée et l'a récupéré.

— Bonjour.
— Bonjour, madame.
— On te cherchait, m'a-t-elle dit.

131

J'ai acquiescé.

— Vous allez bien… ? a demandé mon père en écartant les bras et en riant nerveusement.

— Très bien, merci, et vous ?

— Oui, oui, très bien, même si c'est toujours un peu triste de partir.

— On reviendra l'été prochain, a ajouté ma mère.

— Allez plutôt à Bordeaux. C'est joli, Bordeaux.

— C'est vrai que c'est joli, Bordeaux…

Bulle nous regardait comme quatre cons. Luce s'est tournée vers moi.

— Je te laisse, alors. Au revoir Léo.

— Au revoir…

Elle m'a embrassé sans prévenir. Mes parents ont paru foudroyés et ont eu d'un coup beaucoup de choses à faire avec Bulle. Luce m'a souri. J'ai trouvé son visage à la fois heureux et triste et encore plus génial comme ça. J'ai senti que je la regardais pour la dernière fois. J'ai voulu lui parler davantage, mais elle s'en allait déjà. Quand elle a disparu, mes parents ont osé me regarder. Ils étaient timides et fiers comme je ne les avais jamais vus. Je les ai aimés brusquement.

— On s'en va ?

132

— Oui, a fait mon père en s'affairant. Yes yes yes, go.

*

Ils avaient déjà replié les tentes, il n'y avait plus qu'à partir. L'emplacement vide était insignifiant. C'était un carré d'herbe sèche. Quelque part ici, j'avais passé quinze nuits. Quinze fois je m'étais levé, quand les autres dormaient, pour sinuer à l'aveugle jusqu'à la haie, pisser, jeter à la poubelle mon mouchoir de sperme triste et retourner me coucher. De cela, il ne restait rien. Dès le lendemain peut-être, une autre famille prendrait notre place et commencerait ses vacances. Emplacement 330. Le bonheur assuré pour à peine vingt euros la nuit depuis des décennies et pour des siècles et des siècles. Nous avons fixé les vélos sur le coffre et nous sommes montés dans la voiture. Nous avons roulé dans les allées, lentement, prudemment pour ne pas écraser un enfant. Mon siège était raide à cause des bagages. Bulle était déçu dans son panier. Alma et Adrien n'étaient pas bien non plus. On retournait à l'école. Près des sanitaires, nous avons croisé le lapin rose, qui n'était plus vraiment rose mais marron, sali, foutu. Il portait une caisse de bières vides. Il avait retiré sa capuche de lapin. C'était un homme d'une trentaine d'années, au visage épuisé. Le grand sourire dessiné persistait sur la capuche pendue dans son dos, comme une tête mal coupée.

Mes parents observaient un silence d'église pour leur homme de fils, heureux et malheureux à la fois de son premier amour d'été. Nous traversions la grande place. Plusieurs gendarmes étaient là. J'ai fermé les yeux. Mais mon père s'est garé près de l'accueil.

— Je vais payer.

Il est descendu. Nous l'avons attendu sans rien dire.

J'avais peur. Pour la première fois peut-être, j'éprouvais cette peur brute de me faire attraper, sans qu'aucune autre angoisse interfère. Mon cœur battait dans mes tempes. Je pensais aux aéroports et aux douanes. Mon père discutait à l'intérieur. Cela durait trop longtemps.

— Au fait Léo, a dit Adrien sans lever les yeux de son téléphone, ton pote, là, Louis, il lui est arrivé un truc bizarre.

— Comment ça ?

— Il y a des gars qui l'ont vu ce matin, très tôt, sur la plage. Apparemment il avait pas l'air bien du tout. Il est allé se baigner à poil. Il a plongé sa tête sous l'eau pour faire la planche sur le ventre, normal, sauf qu'il est resté longtemps comme ça, genre vraiment longtemps.

— C'est quoi, cette histoire ? a fait ma mère en se retournant.

Elle m'a interrogé du regard, comme si j'avais la réponse.

— Finalement, a continué Adrien, il y a un maître nageur qui est allé le chercher et qui l'a sorti de l'eau. Il va bien, t'inquiète. Mais c'est un peu abusé quand même.

J'ai hoché la tête et j'ai regardé dehors. J'ai touché la poignée de la portière.

— Léonard ? Tu veux descendre ? Tu veux aller voir ton ami avant qu'on parte ?

— Non, ça va.

Mon père est revenu.

— Voilà. Au revoir les Landes.

— Papa, pourquoi il y a la police ?

— Ce n'est pas la police, ma puce, c'est la gendarmerie.

— Pourquoi il y a la gendarmerie ?

— À cause de l'inondation. Vous dites au revoir les Landes ?

— C'est pas à cause de ça, a rectifié Adrien. C'est parce qu'il y a un gars qui a disparu.

— Ah bon ?

— Bah ouais.

— Comment tu fais pour savoir tout ça ? a demandé Alma.

— C'est parce que je suis un mec stylé, ma petite.

Ma mère se taisait. Je ne regardais qu'elle.

— Bon… vous dites au revoir les Landes ? a répété mon père qui se fichait un peu du reste.

— Au-revoir-les-Landes !

Il a démarré. Nous avons franchi le portail. À la bifurcation, je me suis tordu le cou pour regarder le camping une dernière fois et j'ai cru voir Claire sur la grande place. Les bagages ont obstrué ma vue et le camping a disparu.

*

Alma dormait déjà. Adrien envoyait des messages. Les pins n'en finissaient pas. Il faudrait rouler longtemps avant qu'il n'y en ait plus. Je les fixais pour ne pas voir autre chose. C'était difficile. Peu à peu, dans les interstices, se sont glissées d'autres images : Luce cherche son paréo perdu sur la plage ; elle le retrouve dans les hautes herbes, près du corps d'Oscar, sale et humide, échoué là comme un noyé venu de loin.

J'ai senti que ma mère me regardait toujours dans le rétroviseur. C'était ce même regard. Je l'ai soutenu. C'est peut-être là qu'elle a tout su, définitivement. J'ai ouvert la bouche. J'ai cru qu'elle allait me dire de me taire, m'empêcher, garder le secret avec moi, mais elle n'a rien fait, elle a continué à me regarder avec ses yeux tristes. Ils étaient bleus, ses yeux. Je ne l'avais jamais vraiment remarqué.

— Papa, j'ai oublié quelque chose, tu peux faire demi-tour ?

— Bien sûr.

— Oh, fait chier, a dit Adrien.

— Dix kilomètres, c'est rien. Hop.

*

— Là, c'est bien, ai-je dit juste avant le portail du camping.

Je ne voulais pas qu'ils entrent avec moi. Mon père s'est garé sur le talus et il a mis les warnings. Cela ne durerait pas longtemps. Je suis sorti et j'ai marché vers l'accueil. La voiture de la gendarmerie n'était plus là. Claire n'était plus là. Tout était calme. On avait peut-être retrouvé Oscar quelque part sur la plage. Un instant j'ai eu envie d'y retourner, pour voir. Mais j'étais trop fatigué. Il me fallait un gendarme au visage inconnu, familier des horreurs. Je lui balancerais tout et ce serait terminé. L'hôtesse à l'accueil avait la tête dans ses papiers, elle ne m'a pas vu. Je me suis glissé dans un couloir. Je n'étais jamais venu ici. Ça ne ressemblait pas aux vacances. Dans une pièce à la porte ouverte, j'ai trouvé mon gendarme. Il mangeait des carottes râpées dans leur emballage.

— Excusez-moi, je voudrais vous parler.

— Oui, vas-y.

J'ai refermé la porte et je me suis assis en face de lui. Il était étonné. Il a mangé encore quelques bouchées puis il s'est arrêté. Il a attendu que je parle.

— Oscar est mort vendredi soir. Je ne connais pas son nom de famille, c'est la personne qui a disparu. C'est moi qui l'ai tué.

Il m'a dévisagé.

— Bouge pas.

Il a voulu se lever mais une musique l'a coupé dans son élan : *This is the rythm of the night...* Son téléphone sonnait. Il a rougi et il s'est mis à fouiller dans ses poches, dans sa veste, dans sa sacoche. *This is the rythm of the night...*

Il ne trouve pas, le téléphone continue à sonner. Un vent plus frais s'engouffre par la fenêtre, à moins que ce ne soit la ventilation. La chaleur est passée. Le camping est silencieux. On dirait que tous les gens sont rentrés chez eux. Je ne sais pas où est Luce. Dehors, un distributeur de sodas en panne clignote à intervalles réguliers. *This is the rythm of my life...* La musique persiste à vouloir me faire danser.

NORD COMPO
n u l t i m é d i a

Composition et mise en pages
Nord Compo à Villeneuve-d'Ascq

Nº d'édition : L.01ELJN000882.A003
Dépôt légal : août 2019

Imprimé en France par CPI
en septembre 2019

N° d'impression : 155169